目次 Contents

honzuki no gekokujou
shisho ni narutameniha
shudan wo erandeiraremasen

《第五部　女神的化身VII》卷首彩頁

《第五部　女神的化身Ⅷ》卷首彩頁

《第五部　女神的化身IX》卷首彩頁

《第五部　女神的化身VII》封面

《第五部　女神的化身Ⅷ》封面

《第五部　女神的化身 IX》封面

Junior文庫《第二部　神殿的見習巫女3》封面

Junior文庫《第二部　神殿的見習巫女4》封面

Junior文庫《第二部　神殿的見習巫女5》封面

2021《小書痴的下剋上》耶誕明信片

《小書痴的下剋上》廣播劇7

《小書痴的下剋上》廣播劇 8

動畫《小書痴的下剋上》第27話片尾卡片　椎名優

動畫《小書痴的下剋上》第28話片尾卡片　波野涼

動畫《小書痴的下剋上》第29話片尾卡片　もとなおこ

動畫《小書痴的下剋上》第30話片尾卡片　Gilse

動畫《小書痴的下剋上》第31話片尾卡片　烏羽雨

動畫《小書痴的下剋上》第32話片尾卡片　keepout

動畫《小書痴的下剋上》第33話片尾卡片　白濱鷗

動畫《小書痴的下剋上》第34話片尾卡片　蛇藏

動畫《小書痴的下剋上》第35話片尾卡片　勝木光

動畫《小書痴的下剋上》第36話片尾卡片　鈴華

動畫《小書痴的下剋上》第三季播放紀念　椎名優繪製2022賀年卡

動畫《小書痴的下剋上》第三季最終回紀念活動

アニメ第三期の視聴ありがとうございました！
お楽しみいただけましたか？
アニメになることで小説より魅力の増したキャラも多いので、お気に入りのキャラが見つかると嬉しく思います。
それにしても、アニメの放送はあっという間に終わってしまいますね。
何だか胸にぽっかりと穴が空いた気分です。
この先のマイン達が気になる方はぜひ原作小説を読んでみてください。
今後とも『本好きの下剋上』をよろしくお願いします。
Kazuki

非常感謝各位收看《小書痴的下剋上》動畫第三季！
看得是否還開心呢？
改編成動畫之後，許多角色都比在小說裡更有魅力，希望每位讀者都能找到自己喜歡的角色。
話說回來，動畫的播放真是一晃眼就結束了呢。
播完後內心有種空蕩蕩的感覺。
好奇梅茵等人今後發展的觀眾們，歡迎翻開原著小說看一看。
《小書痴的下剋上》今後也請各位多多指教。

《第五部　女神的化身Ⅶ》卷首彩頁草稿

《第五部　女神的化身Ⅷ》卷首彩頁草稿

《第五部　女神的化身IX》卷首彩頁草稿

第五部　女神的化身 VIII》封面草稿

《第五部　女神的化身 VII》封面草稿

《第五部　女神的化身 IX》封面草稿

Junior文庫《第二部　神殿的見習巫女4》封面草稿

Junior文庫《第二部　神殿的見習巫女3》封面草稿

Junior文庫《第二部　神殿的見習巫女5》封面草稿

小書痴的下剋上》廣播劇７草稿

2021《小書痴的下剋上》耶誕明信片草稿

《小書痴的下剋上》廣播劇８草稿

下任領主與基礎魔法

香月美夜

春季中旬，戴肯弗爾格的領主一族與騎士團師長以上的高層突然被召集起來，召開臨時會議。會議結束後，只見師長們立刻向自己的下屬送去奧多南茲說「到訓練場集合」，接著神情肅穆地趕往訓練場；往常總是等到人走得差不多了才離開的漢娜蘿蕾，也以不輸給師長們的氣勢急忙步出會議室。

「藍斯特勞德大人，看您神色匆忙，會議上到底發生了什麼事？」

我一回到房間，方才沒能同行的近侍們立即要求說明。因為不是所有的領主一族近侍都能進入會議室，按規定最多只能帶三名成年近侍同行。再加上父親大人可能是想瞞著母親大人到最後一刻，所以沒有預先向任何人透露此次開會的目的。

我能理解眾人想要趕快知道消息的心情，於是向開會時同行的文官招手。

「溫哥特，詳細報告會議上的情況吧。」

「是。聽說奧伯・艾倫菲斯特使用緊急聯繫用的魔導具，向奧伯・戴肯弗爾格尋求了協助。今夜，艾倫菲斯特與亞倫斯伯罕之間將有一場真正的迪塔。」

溫哥特看著自己寫有摘要的木板，唸出上頭的文字。

「啊？你說什麼?!真正的迪塔?!」

「在這種局勢下他們是認真的嗎?!為何要比真正的迪塔？」

「尋求協助？那麼是誰要去？」

近侍們大驚失色的模樣，與方才在會議室裡訝聲大叫的騎士們幾乎一模一樣。這種議論紛紛的景象對我來說已經是第二次了。若要一一回答他們的問題，報告不知要到何時才能結束。

「吵死了。我知道你們很驚訝，但安靜一點。溫哥特可不是奧多南茲。」

我警告眾人要是太過吵鬧導致沒聽見，他可不會說第二次。隨後，我再指示溫哥特往下說。

「據說斐迪南大人在供給室裡中了蒂緹琳朵大人下的毒。羅潔梅茵大人為了能夠進入他領的供給室，決定奪取亞倫斯伯罕的基礎魔法，戴肯弗爾格也將提供協助。」

「咦？這件事齊格琳德大人同意了嗎？」

見習護衛騎士拉薩塔克訝異地瞪大深棕色雙眼，這麼嘀咕反問道。若不知道整場會議發生了什麼事，確實很難相信母親大人會同意這種事情吧。我若沒有參加會議的話，也會有同樣的疑惑。

「是的。齊格琳德大人說了，倘若羅潔梅茵大人當真在國境門現身，也取得了王族的許可，那我們便提供協助。」

「國境門?!這意思是……難道說，羅潔梅茵大人取得了古得里斯海得嗎？」

近侍們再一次大驚失色。但這也是很正常的反應。因為有誰能想得到，竟然不是王族，而是艾倫菲斯特的領主候補生得到了古得里斯海得。

但是，去年參加領主會議的時候，在貴族院圖書館地下書庫裡翻譯過古老文獻的漢娜蘿蕾，曾向我與父母這麼報告過：「久遠前君騰所留下的資料當中，有一些是關於古得里斯海得的記述。」此外，我也知道與她一起翻譯的還有羅潔梅茵，以及王族曾經屏退漢娜蘿蕾，以便與羅潔梅茵談話。羅潔梅茵肯定是在翻譯的過程中，知曉了取得古得里斯海得的方法。

……雖然漢娜蘿蕾說了，羅潔梅茵之前有很長一段時間臥病在床，但也有可能是為了取得古得里斯海得需要那麼長的時間。

戴肯弗爾格的古老書籍中，有項記載就是在講述有位君騰候補好不容易取得了古得里斯海得，卻因為花了太久時間才能運用自如，最終未能獲選為君騰。當時我還心想，原來光是找到而已，也無法立即使用。

「既然持有古得里斯海得的下任君騰候補在向戴肯弗爾格尋求協助，

那我們豈有不應的道理。再加上奉王命前往的斐迪南大人遭到謀害、蒂緹琳朵大人犯下了勾結外患之罪、中央也有可能出事，而且戴肯弗爾格已經答應出事時會負責聯繫上位領地。不僅如此，戴肯弗爾格還與亞倫斯伯罕一同管理著舊孛克史德克。因此奧伯判定，我們必須在平定上出一份力。」

近侍們都露出了「原來如此」的表情。現在領內有不少人都認為，亞倫斯伯罕近來的舉動十分可疑。因為蒂緹琳朵在跳奉獻舞時讓未知的魔法陣亮起光芒後，便自稱是下任君騰候補。但這樣的她卻在前任領主的葬禮上，與他國人士過從甚密，面對國王指定的未婚夫還在言行舉止間處處透著輕蔑……這次又惹出了這樣的禍事。

「倘若此次出戰，是因為蒂緹琳朵大人犯下了勾結外患的重罪，那麼不光是亞倫斯伯罕，中央那邊也有可能出事吧？奧伯會優先協助哪一方？」

一邊是未持有古得里斯海得的特羅克瓦爾國王，一邊是雖然持有古得里斯海得，但尚未被正式認可為君騰的羅潔梅茵，該以誰為重？見習文官肯特普斯這樣問著，看向溫哥特。

「奧伯兩邊都會協助，但只有在接到中央求援的時候，奧伯才會親自前往。因為以目前情況來看，羅潔梅茵大人還只是領主候補生，奧伯．戴肯弗爾格總不能去聽從她的指揮。」

「那麼只會派出騎士相助嗎？」

「不。萬一戴肯弗爾格的騎士在他領惹了麻煩，以及假使艾倫菲斯特的主張有誤，抑或因為證據不夠充分而受到君騰的斥責時，還有迪塔落敗時……需要有領主一族能承擔所有責任。」

溫哥特這麼說完，肯特普斯便蹙起了眉。

「所以這個在必要時可以捨棄的領主一族，指定了藍斯特勞德大人嗎？」

「不，藍斯特勞德大人並不會上戰場。因為奧伯已經決定將基礎魔法交給他。」

肯特普斯說出自己的推斷後，溫哥特當即否定。瞬間，近侍們發出了目前為止最大的訝叫聲。

「基礎魔法？這不就代表藍斯特勞德大人確定成為下任領主了嗎?!」

「咦？這樣就是確定了嗎？」

「竟然把基礎魔法交給藍斯特勞德大人，情況比想像中的還要嚴重嘛！」

現如今，領內的貴族對漢娜蘿蕾多有批判。因為她不僅在比迪塔時害得自領落敗，還放棄了自己應得的利益。儘管常被這些批評的聲音蓋過，但其實迪塔落敗之後，貴族們也開始質疑我是否適合成為下任領主。不僅如此，先前的領主會議上還決定了要更改思達普的取得年級。因為多向諸神祈禱、取得更多加護之後，有助於取得品質更好的思達普。因此，比起一年級就取得思達普的我和漢娜蘿蕾，第二夫人的孩子很有可能整體會更加優秀。

貴族們普遍認為不該太早就定好下任領主的人選，然而現在卻突然就決定了由我成為下任領主，還要繼承基礎魔法。一同在貴族院戰鬥過的近侍們更是不可置信吧。

「那麼藍斯特勞德大人是何時要繼承？是否該做什麼準備？」

「最好趁著貴族們出手妨礙前完成繼承。」

「你們都冷靜點。多半在父親大人與中央以及上位領地聯繫過後，就會將基礎魔法傳給我吧。因為父親大人現在一心只想著要讓自己能夠自由行動，大概要不了多久就會叫我過去……」

我如此說完後，近侍們暫時都閉上了嘴巴，但屋內明顯流淌著躁動難安的氣氛。

「藍斯特勞德大人，那麼領主一族中，要由哪位大人率領騎士前往亞倫斯伯罕？既然您要繼承和守護基礎魔法，應該不能參戰吧？那是我的父親大人嗎？」

拉薩塔克歪過頭問道。拉薩塔克的父親是我的伯父，也是領主一族。當父親大人與我都無法出動的時候，通常會由他出馬。但是，這次的情況不同。

「不，要去亞倫斯伯罕的領主一族是漢娜蘿蕾。」

「漢娜蘿蕾大人嗎?!」

「以她現在的情況要率領騎士太勉強了吧！」

……倘若至少能與艾倫菲斯特談定婚事，漢娜蘿蕾也不會遭到騎士們如此的輕視吧。

漢娜蘿蕾因為是自己離開陣地，使得自領落敗，騎士們當然都認為不值得把性命託付給她。

方才漢娜蘿蕾快步走出會議室的背影閃過腦海。當初畢竟是我強行要比迪塔，才害得漢娜蘿蕾留下汙點，因此我對她多少有些愧疚。但是與此同時，對於她在讓自領落敗後卻又不去實現自己的心願，這樣的愚蠢也令我感到憤慨。然而，漢娜蘿蕾的優柔寡斷固然教人火大，更教人憤怒的是明明伸出了手要漢娜蘿蕾前往艾倫菲斯特，卻又在事後翻臉不認人，表示他們並不想要這樁婚約的韋菲利特與艾倫菲斯特。

「因迪塔留下的恥辱，就要用迪塔的勝利來洗刷。雖然必要時她得負起所有責任，但此次出戰若是贏了，漢娜蘿蕾也能洗刷她的汙名。既然本人已經下定決心，我們這些旁觀者多說無益。」

直至今日為止，我一直以為漢娜蘿蕾與羅潔梅茵很像。因為在我看來，她們兩人都是在觀察過周遭的情況後，壓抑自己的渴望，然後犧牲自己或是讓自己吃虧。

「妳這樣真的好嗎？」

記得有一年的表揚儀式上，自己曾想對羅潔梅茵這麼說。羅潔梅茵因為是養女，受到的待遇與親生子女並不相同，她還過分老實地向王族提供情報，主動造成了很可能被王族招攬的局面。我本以為她會被領地與王族恣意利用，最終遭到擊垮。畢竟表揚儀式上，她明明一派理所當然地想將自己的功績讓給韋菲利特，卻無法接受蒂緹琳朵出來搶奪共同研究者的功勞。她看起來總是為他人著想，自己的事都先拋到一旁。

……然而，原來是我誤會了。

羅潔梅茵早就懂得如何實現自己的心願。這次為了營救斐迪南大人，她已下定決心要奪取亞倫斯伯罕的基礎魔法，還不惜使用古得里斯海得。我再真切不過地感受到，她有著無論如何也要達到自己目標的堅強意志。

羅潔梅茵並非處在只能任人宰割的境地，以她目前的身分和力量，甚至能夠貫徹自己的主張。無論是從艾倫菲斯特還是從王族手中，我根本沒有救出她的必要——這樣的現實血淋淋地攤在自己眼前。

平常總是畏畏縮縮、無助地垂著眉尾、慣於躲在旁人身後的漢娜蘿蕾也是。如今的她不再只會對身邊的人言聽計從，而是能夠根據自己的判斷展開行動。儘管這次出征若以失敗收場，她將代表領地負起責任，卻完全沒有哭喪著臉來向我求救。

「要與漢娜蘿蕾大人一同前往亞倫斯伯罕的指揮官，已經確定是海斯赫崔。現在他們應該正在訓練場挑選要同行的騎士，並且為出發做準備。」

溫哥特這麼說完後，護衛騎士們臉上都流露出了想要參加迪塔的渴望。尤其是沒能在貴族院參加迪塔的成年騎士特別明顯。我環顧眾人，輕嘆口氣。

「若有騎士為了蒐集情報想要同行，那就去吧。即刻前往訓練場。」

「這種時候，應該以漢娜蘿蕾大人的護衛騎士之身分加入才對吧？以藍斯特勞德大人的個性，蒐集情報固然重要，但明明是想要有更多人能保護漢娜蘿蕾大人。」

「……肯特普斯，別說這些沒用的廢話。」

大概因為是堂表兄弟的關係，近侍當中肯特普斯最常說些沒必要說出口的話。都怪他這麼說，害得其他護衛騎士都朝我投來溫暖的目光。我恨恨地瞪了肯特普斯一眼，本人卻一副事不關己的模樣。

「藍斯特勞德大人！那就由我來保護漢娜蘿蕾大人吧！」

「拉薩塔克，很遺憾，未成年者不能前往他領。」

我點出這項事實後，不光拉薩塔克，其他未成年的護衛騎士們也都露出了大失所望的表情。相較之下，已成年的護衛騎士們則是雙眼開始發亮。明明他們對於在比迪塔時犯下過失的漢娜蘿蕾也都不以為然，現在態度倒轉變得很快。

「藍斯特勞德大人，那我們去與漢娜蘿蕾大人的護衛騎士交涉了。她身邊已成年的護衛騎士也不多，想必不會拒絕吧。」

為了能夠一同就讀貴族院，領主一族的近侍大多會與主人年紀相仿，所以這次能與漢娜蘿蕾同行的護衛騎士應該不多。如果是提議要把我的護衛騎士借給她，不至於從一開始就拒絕吧。

「順便幫我轉告一聲，若需要文官為戰鬥做準備，我也可以借出人手幫忙。」

隨後，未成年的護衛騎士們都一臉羨慕地看著已成年的護衛騎士們離開。看到他們一個個垂頭喪氣的樣子，我輕哼了聲。

「今晚我會以下任領主的身分去為漢娜蘿蕾送行。如果有人想要一起去，最好趕快行動。因為是午夜時分要在國境門會合，未成年者需要徵得監護人的同意吧。」

未成年者很多事情都不能擅作主張，需要有監護人的許可。拉薩塔克他們先是露出了不甘的表情後，馬上開始聯繫自己的父母。

……那麼，今晚究竟會有多少人聚集到國境門？

十幾年來都未曾動過的國境門，今夜將要有人前來開啟。不光是貴族，相信平民也會吵得沸沸揚揚。羅潔梅茵的到來，勢必成為一場盛大的演出吧。

要與漢娜蘿蕾同行的護衛騎士確定後，文官們也過去幫忙製作回復藥水和魔導具。但雖說同意了近侍去幫忙，我自己身邊也得留下基本該有的人手。

目前留在房間裡的，都是父親大人傳喚時可以隨行的近侍。父親大人說了，在我繼承基礎魔法時可以同行的近侍，就和我在供給魔力時的標準一樣。換言之必須是領主一族旁系的上級貴族。

一想到不知何時會接到傳喚，我整個人便坐立難安。這點近侍們似乎也一樣。白鳥飛進房中時，只見所有人都屏氣凝神，全神貫注在白鳥的動作與聲音上。

「藍斯特勞德，盡快來領主居住區域一趟。」

「看來父親大人空出時間了，我要前往繼承基礎。雷吉納德、拉薩塔克、肯特普斯，走吧。」

我這麼向近侍們喚道，走出房間。離開北邊別館後，往本館的領主居住區域移動，準備要以下任領主的身分繼承基礎魔法。多半是看出了我心裡有說不出的緊張，肯特普斯刻意用輕快的語氣說道：「不過，藍斯特勞德大人竟然成了下任領主嗎？」

「怎麼？肯特普斯，你有何不滿嗎？」

「不，我沒有不滿喔。只不過，您不僅在貴族院比迪塔時落敗，現在又確定了要更改思達普的取得年級。老實說，您的處境相當不利。所以我雖然覺得鬆了口氣，但又有些茫然……」

以目前的情勢，身為下任領主要彌補自己的缺失確實極其不易吧。我也沒想到會以這樣的方式決定下任領主。換作以前，我只會視作理所當然並接受吧。但是，現在了解到了責任有多麼重大後，內心卻產生猶豫。可是與此同時卻也認為，現階段只有自己能夠勝任。倘若羅潔梅茵真的取得了古得里斯海得，尤根施密特無疑將陷入動盪。在情勢穩定下來之前，我成為暫代領主的可能性絕對不低。

「藍斯特勞德大人，這邊請。奧伯已在等候。」

父親大人的首席侍從出來迎接。我跟在對方身後，久違地進入領主的居住區域。經過受洗前所住的兒童房，經過母親大人的房間，來到父親大人的房間門前。只見父親大人的護衛騎士守在門外，所站位置與父親大人進入供給室時十分相似。

「奧伯，藍斯特勞德大人到了。」

「過來吧。啊，接下來只准藍斯特勞德一人，你們都退下吧。」

雖然准許近侍進入起居室，但父親大人要求他們在屏風前止步。我的近侍們隨著父親大人的近侍們一同退下。確認過後，父親大人才往房間深處走去。我默默跟上。

「就是這扇門。」

在並列的好幾道門扉中，父親大人輕敲其中一扇門。多半因為門上有著魔法陣，看起來與秘密房間的門很像。

「然後用這把鑰匙開門。」

父親大人舉起隨身戴著的手環，輕壓上頭的魔石，有一把鑰匙跳了出來。他用鑰匙開門後，門內只是一片漆黑，什麼也看不見。這點也和秘密房間很像。

「只有持有鑰匙者能夠進入，把手放上來。」

於是我與父親大人一起握住他掌心上的鑰匙，進到房中。到了這個年紀還與父親牽手，讓人感覺不太自在。而且和從前相比，現在我們手的大小相差無幾。只不過論粗糙與厚實的程度，我仍遠遠比不上。

進到房內後，發覺自己身處在一個狹隘的雪白空間。除了上下左右的雪白牆面外，其他什麼也沒有。本以為會看到像是在貴族院上課時見過的基礎魔法，所以這出乎預料的光景讓我微微倒吸口氣。

「可別亂摸。」

我對父親大人的提醒點點頭，盡量不動到身體，緩慢地轉動頭部察看四周。還是只能看見四面牆壁。

「到這裡為止，只要有手環裡的鑰匙就進得來。所以才有愚蠢之人認為，只要曉得鑰匙的下落就能奪得基礎魔法，於是想要殺了領主。但是光憑鑰匙，是找不到基礎魔法的。愚蠢之人進到這裡後會四顧茫然吧。」

父親大人這樣說，看到房內只有雪白牆壁而感到茫然的我，不就是他口中的愚蠢之人嗎？我沒好氣地睨他一眼。

「君騰在重新設置基礎魔法時，都會由各領的首任奧伯決定接下來的進入方式，因此應該每個領地都不一樣。」

原來如此。想來是政變和肅清之際，曾有愚蠢之人並未向廢領地的奧伯問出進入基礎之間的方法，就殺了領主奪走鑰匙吧。自以為奪得鑰匙就能得到基礎魔法，結果卻無法找到真正的入口。而未持有古得里斯海得的君騰既不曉得該如何進入基礎之間，也無法重新設置基礎魔法，才使得廢領地的管理更加困難吧。

「若想得到戴肯弗爾格的基礎魔法，還得往鑰匙登記魔力。那麼往這把鑰匙灌注你的魔力吧。」

我依言往父親大人遞來的鑰匙灌注魔力。由於我與父親大人的魔力親和性極高，幾乎沒有感受到什麼反彈，很快就染好了魔力。

「接著以左手拿鑰匙，按在左邊的牆面上，注入魔力。」

我再照著父親大人說的拿著鑰匙，觸碰左邊的牆面。戒指隨即亮起光芒，有魔法陣以鑰匙為中心浮起展開。

「如果碰了其他面牆會怎麼樣？」

「會有長槍飛出來。據說反應和運氣差一點就會沒命。不想死的話，只能馬上離開這裡。為了避免自己忘記，我都把放有鑰匙的手環戴在左手上。」

看來這房裡還設有非常危險的機關，但為了守護領地的基礎魔法，這也是很正常的吧。父親大人擺擺手提醒我，要記得是這面牆壁。在旁看著的我下定決心，等繼承了基礎魔法後也要把手環戴在左手上。

隨著魔法陣完成，有文字浮現至眼前。我唸出以古語寫成的文字。

「向火神萊登薛夫特立誓。」

即使沒有更多說明，我也知道是要立下什麼誓言。我看向父親大人，只見他瞇起紅色雙眼，嘴角上勾。

「戴肯弗爾格的領主一族就是為此才要學習古文。好了，快用思達普變成筆寫下回答吧。不知道答案的人，可沒有資格擔任下任領主。」

於是我變出思達普詠唱「司提洛」，以古語寫下答案。

「戴肯弗爾格乃王之劍。討伐神所認定之王的敵人，守護尤根施密特安寧之人。」
寫完之後，眼前的牆壁旋即消失，浮現一層虹色油膜般的色彩。
「咦？寫完的速度比我想的還快嘛。你以前還那麼抗拒，想不到其實還是很認真在學習古文。」
其實是因為羅潔梅茵竟能輕易地將戴肯弗爾格的史書譯成現代語，漢娜蘿蕾也被叫去地下書庫幫王族的忙，這兩件事情強烈刺激到了我。不過，我並不打算說明。
「但這個問題對戴肯弗爾格的領主一族來說，未免太簡單了吧？倘若領主一族之間因下任領主之位起了紛爭，屆時可會非常危險。」
戴肯弗爾格的領主一族不僅得學習古語，也幾乎像口號一樣都要我們向萊登薛夫特宣誓。如果奪得鑰匙的是領主一族，那得到基礎魔法的可能性就非常高。
「倘若是領主一族之間在爭奪下任領主之位，那打場迪塔分出勝負就好了吧。自領的基礎魔法被他領的人奪走才是大問題。況且交接無法順利完成時，繼承上若太過困難也不好。所以，對戴肯弗爾格的領主一族來說容易，對他領的人來說卻很困難，這樣才是最理想的。」
「原來如此。」
「不說這些了，走吧。基礎魔法就在這裡頭。」
我往父親大人所指著的，門口覆著虹色油膜的空間走進去。內部同樣是個上下左右全是雪白牆壁的房間，沒有半扇窗戶，只不過這裡十分寬敞。而且和供給室一樣，都有七顆偌大的貴色魔石飄浮在半空中，不可思議地轉動著。
「那些貴色魔石與供給室相連。領主一族供給了魔力後，就會經由這些魔石化作金粉，掉往底下的基礎。這幅景象很美麗吧。」
我的目光追隨父親大人的指尖，從飄浮於半空中的魔石移往基礎。貴色魔石下方，是有一部分顯露在外的巨大球體。白色地板被挖空後，球體約有一半隱沒在地板之下。儘管形狀和上課時操作過的魔導具十分相似，

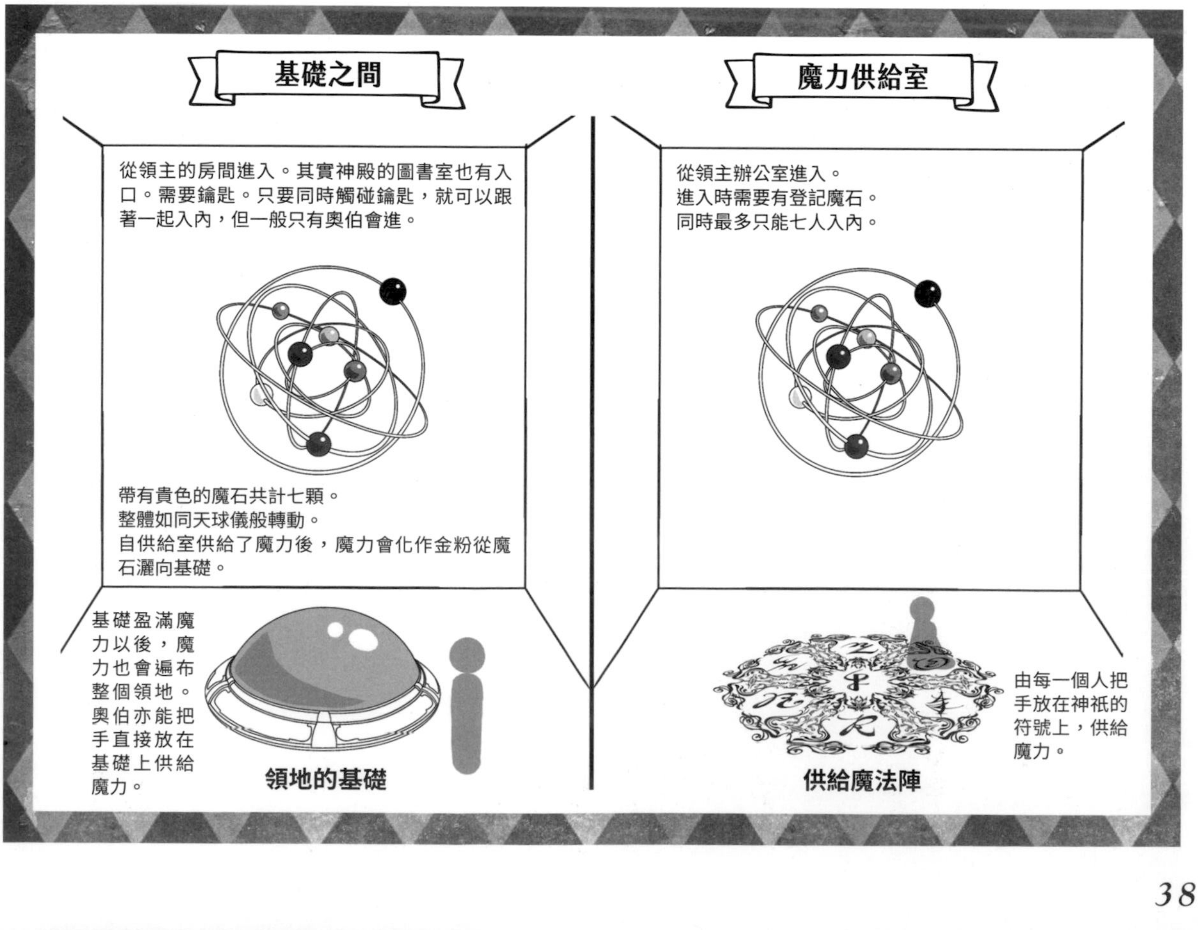

基礎之間
從領主的房間進入。其實神殿的圖書室也有入口。需要鑰匙。只要同時觸碰鑰匙，就可以跟著一起入內，但一般只有奧伯會進。
帶有貴色的魔石共計七顆。
整體如同天球儀般轉動。
自供給室供給了魔力後，魔力會化作金粉從魔石灑向基礎。
基礎盈滿魔力以後，魔力也會遍布整個領地。奧伯亦能把手直接放在基礎上供給魔力。
領地的基礎
魔力供給室
從領主辦公室進入。
進入時需要有登記魔石。
同時最多只能七人入內。
由每一個人把手放在神祇的符號上，供給魔力。
供給魔法陣

但大小迥然不同。不僅如此，偌大的球狀基礎內還盈滿了綻放淡藍光芒的液體。

……想要把整個基礎都染色可不容易。

羅潔梅茵似乎打算花兩鐘的時間就分出勝負，但她的魔力與他領基礎的魔力完全不相容，我不認為能在這麼短的時間內就重新染色。

「父親大人……您當真認為羅潔梅茵能夠奪得亞倫斯伯罕的基礎魔法嗎？」

「羅潔梅茵大人親口說了，她花兩鐘的時間就能辦到。想想每一次的迪塔我們都以為她必輸無疑，她卻次次都贏了，應該是有勝算吧。只可惜無法親眼確認她究竟打算怎麼做，實在是太遺憾了。去亞倫斯伯罕肯定會比去中央有趣得多，都怪齊格琳德。」

父親大人吐露著遭到母親大人反對的不滿，但對於羅潔梅茵的勝利卻是毫不懷疑。非但如此，還在意著中央的動向。

「父親大人，您認為自己一定會前往中央嗎？」

「羅潔梅茵大人說了，亞倫斯伯罕犯下了勾結外患的重罪。若能在亞倫斯伯罕內擒獲蒂緹琳朵大人與蘭翠奈維一行人，那樣自然最好，但如果他們謀害斐迪南大人的目的是為了古得里斯海得，很可能已經前往中央。」

不知光靠中央騎士團是否抵擋得住，但父親大人似乎已經預期會有衝突發生。

「藍斯特勞德，鑰匙還給我吧。」

聞言，我將一直握在掌心裡的鑰匙還給父親大人。他將鑰匙緊攥在掌心裡後，再挨向手環上的魔石。一眨眼鑰匙便消失了。

「如此一來，在我必須前往中央時，只要把這個手環交給你，你便能順利地繼承基礎魔法。儘管你的政務經驗不多令我十分擔心，但只要向其他領主一族請求協助，相信不會有什麼大問題吧。」

我不自覺地吞嚥口水，目光無法從父親大人左手上的手環挪開。我有預感不久的將來，自己就會從父親大人手中接下那個手環。對於成為下任領主一事，我不後悔。況且自己活到現在也是為了這一刻。但是，親眼見到基礎有多麼巨大，也感受到了託付予自己的責任有多麼重大後，我幾乎要感到退縮。

……羅潔梅茵要奪走這樣的東西嗎？就只為了救出斐迪南大人？

倘若羅潔梅茵此刻就在這裡，我真想對她這麼說：「快點認清現實，趁早放棄。」不過，這大概只是多管閒事吧。

「藍斯特勞德，我有話要告訴你。」

父親大人緩緩地看向我說道，那雙紅色眼眸認真又凌厲。

「倘若羅潔梅茵大人真的自國境門現身，那麼她無庸置疑是持有古得里斯海得的下任君騰候補。」

打從在會議上首次聽說之後，這句話我已經聽過好幾遍了。「我知道。」我點了點頭，父親大人卻斷然地道：

「不，你並不明白。你必須要認清自己的身分。過去你曾多次對羅潔梅茵大人出言不遜，還佯裝成是求娶迪塔，強行比了搶婚迪塔，因此羅潔梅茵大人對你多半沒有什麼好印象吧。她不過因為你是她的好友漢娜蘿蕾的兄長，不想把事情鬧大，所以不跟你計較。但現如今，你已是下任領主。為了戴肯弗爾格的將來著想，你必須以最恭敬的姿態面對下任君騰候補。知道了嗎？」

除了責怪我直呼羅潔梅茵的名諱，父親大人還要我改掉至今對她擺出的那些無禮態度與言行。

……啊，原來如此。

如今我與羅潔梅茵的身分已和從前大不相同。不再是上位大領地與中位中領地的領主一族，而是大領地的下任領主與下任君騰候補。應對上不能再和以前一樣。

「我明白了。我會因應羅潔梅茵大人的身分，修正自己的態度。」

前提是午夜時分，她真的打開了國境門的話……我在心裡補上這一句。即使被人說我嘴硬也好，在親眼看到古得里斯海得之前，我都不打算改變認知。

香月美夜

《小書痴的下剋上》動畫第三季朗讀用獨白

梅茵（CV：井口裕香）

原本以本須麗乃身分活著的我，以梅茵的身分開始新生活之後，到現在已經過了大約兩年的時間。一開始我不僅年紀太小，身體也很虛弱，還動不動就昏睡，根本做不了什麼事情，但現在終於成功做出書籍了。

有段時間我還因為一個人砍不了樹，就試著捏土刻字、製作黏土板，跟那個時候比起來，簡直是飛躍性的成長。真虧我鍥而不捨，努力到了現在呢。

當然，也多虧了家人、路茲還有班諾先生他們的幫助。但在我因為身蝕熱意差點死掉的時候，怎麼也沒想到會有成功的一天，此刻心裡真是感慨萬千。

啊，身蝕的熱意，指的就是體內魔力快要滿溢而出的一種現象。一般平民體內好像根本沒有魔力，但聽說我的魔力量卻不少。而差一點就要被身蝕熱意吞噬的我之所以還活著，都是因為芙麗妲把魔導具讓給了我。後來，則是幸好我進入了神殿當見習青衣巫女。

如果是一般的平民，進入神殿只能當灰衣巫女，但我因為有魔力，才能夠成為貴族之子在當的見習青衣巫女。而且是因為領地魔力不足，身為平民的我才能成為見習青衣巫女喔。真的是很幸運。

藉由為神殿的神具奉獻魔力，我才能夠活下來。可是，神殿的孤兒院裡，還有一群就連活著都有困難的孤兒……為了向他們伸出援手，我當上了孤兒院長、在神殿裡設立工坊，提供了工作與報酬給他們。然後讓他們製作植物紙，再賣給奇爾博塔商會，就有能力自己購買食材了。我也因此得到了植物紙，往做書這個目標邁進一大步。現在就連黑色墨水我們也自己做了呢。嗚呵呵。

可是，就算做出了紙張和墨水，要印製書籍還是不簡單。加上孤兒院裡的孩子們，還有灰衣神官和灰衣巫女，因為一直只在神殿裡生活，《三隻小豬》與《灰姑娘》的故事他們根本無法理解……

……不——！那我到底可以把怎樣的故事印成書籍嘛?!

煩惱再三之後，我決定把神殿裡人人都曉得的聖典裡的內容，改寫成淺顯易懂的兒童版本。只要做成有助於兒童學習文字的教科書，一定可以提升識字率。因為如果我想讀到大量的書籍，就需要有人做書；想要有人做書，他們當然得先識字才行。

改寫好了故事以後，再請擅長繪畫的灰衣巫女葳瑪幫忙繪製精美的插圖，兒童版聖典繪本就完成了！好耶！

——要是可以一直像這樣不停地印製新書就好了。只可惜我另外還得協助孤兒院準備過冬，也收到了騎士團的請求必須出去一趟。因為陀龍布的討伐結束後得舉行儀式治癒土地，但魔力量足以舉行儀式的人只有我和神官長。而且神官長得與騎士們一起去討伐，所以實際上只有我一個人而已。

貴族大人的世界裡，非常普遍地存在著可以傳遞聲音訊息的白鳥奧多南茲，以及用魔石變成的騎獸等這種需要使用魔力的魔導具。第一次看到時我大吃一驚，神官長還斥責我說「表現得太像平民了」。

身在如此奇幻的世界，多麼希望只有令人感到新奇的事物而已，只可惜事與願違。我不僅遇到了敵視平民見習青衣巫女的騎士，害得我有生命危險，才剛做好的儀式服也變得破破爛爛，實在是倒楣透頂。

真沒想到擔任護衛的騎士竟然會突然變出小刀來，還威脅我說要挖出我的眼珠子。儘管神官長從那名舉止粗暴的騎士手中救下了我，但我還是覺得，貴族大人真是太可怕了。

後來的儀式，因為神官長說「要讓他們見識一下」，所以我就努力地傾注魔力獻上祈禱，但結果好像有些太過頭了。可是，明明我只是照著神官長所說的去做而已啊。只不過也因為這樣，為了確認我是否會對領地帶來危險，神官長決定窺看我的記憶。我便與他分享了自己在日本生活時的記憶。

看過記憶以後，雖然神官長判定我不是壞人……但我還是很不安。因為既然要以見習青衣巫女的身分出入神殿，那就很難避免要與貴族接觸，但我真的不想再與貴族扯上關係了。

如果真的無法避免，希望至少遇到的貴族都能像卡斯泰德大人與達穆爾大人這樣，願意接納我的意見。

真希望別再遇到那些贊同神殿長想法的可怕貴族了。

唉……

啊～不想了不想了！不想那些可怕的事情了！來想點開心的事情吧。這樣子對自己也比較好嘛。

唔呵呵。我啊，春天尾聲就要當姊姊了喔。媽媽要生小寶寶了。我非常期待呢。不知道會是男生還是女生？

不管男生女生都好，我只想把他栽培成愛看書的孩子。

現在已經做好了給小寶寶看的繪本，也做好了兒童版聖典，接下來要做什麼呢？

我和多莉不一樣，不喜歡縫製尿布和汗衫，那就努力製作書本和玩具吧。正所謂適材適用嘛。

首先我想要製作彩色墨水，但該從何著手才好呢？要是可以上色的話，葳瑪畫的那些圖畫一定會更生動、更美麗。

對了，不曉得班諾先生認不認識技術很好的工匠？

思考要怎麼做書真是開心。如果這樣的日子能一直持續下去就好了。

路茲（CV：田村睦心）

看梅茵的表情，她肯定又在想些奇怪的事情了。她接下來又想做什麼了？這種時候就算喊她，她也都聽不見。只能等她自己想出結論來了。

但是話說回來，現在我居然會和梅茵一起從神殿回家，這種情況還真奇妙。我因為是木工的兒子，原本會在父母或親戚的介紹下去當木工學徒，一般根本不可能去從事其他職業。然而，現在我卻在梅茵與歐托先生的介紹下，成功地進入了奇爾博塔商會當商人學徒。

曾經我的夢想就是成為旅行商人、行遍各地，還想著總有一天就算要離家出走，也一定要實現夢想。現在想來，我只是對自己在家裡受到的待遇、對自己和家人間的關係感到不滿而已吧。之前接到神官長的傳喚，在神殿和父母坦誠地說出彼此的想法後，現在我已經不會老想著要反抗家人，也開始覺得不用心急，以後有機會能去其他城市就好了。

而每一次為我的生活帶來巨大轉變的人，都是梅茵。所以，我很希望現在的生活可以一直持續下去。

可是，自從梅茵進入神殿，我總覺得她會被貴族帶走，離自己越來越遠，心裡非常不安。她還被要求提升儀態與遣詞用字，也要學習樂器……

前陣子更因為騎士團的請求，遇到了非常可怕的事情。我忍不住覺得，她乾脆不要當見習巫女好了。但偏偏梅茵只有在神殿才能釋放自己的魔力。要是離開神殿，梅茵就活不下去了。雖然梅茵說過「神官長救了我」、「還罵了那個騎士一頓」，所以我也知道神官長不是壞人，但還是不由自主地非常擔心。

斐迪南（CV：速水奬）

梅茵是平民出身的身蝕。原本以她的身分，絕不可能成為見習青衣巫女。正因如此，既然斯基科薩在討伐陀龍布時對梅茵出言不遜，那就得在治癒土地的儀式上，讓梅茵展現出她確實有著足以成為見習青衣巫女的魔力量。必須讓騎士們心服口服，理解到也難怪領主會同意此事。

但雖然成功讓騎士們接受了事實，梅茵所展現出的魔力量，卻與我平日從她奉獻的魔力量所推定的量要多上許多，甚至到了不容忽視的地步。若不讓她成為貴族的養女，進入貴族院學習操控魔力，她將成為非常危險的存在。

而且危險的，不只是她的魔力量。梅茵經常做出令人費解的奇言怪行，並且對於書籍有著非比尋常的執著，還具有著難以想像她是平民的知識。為了查清她的來歷，我使用了能夠窺看記憶的魔導具與她同步。同步過後，我知曉了梅茵擁有在異世界生活過的記憶。

這下非得讓梅茵成為貴族不可。既然如此，請卡斯泰德收她為養女是最妥當的安排吧。因為他是我認識的貴族當中，最值得信任的人。他要收養養女的請求，若能順利地得到許可自然最好……

聽起來有意思，讓我見見她吧——想起當時那個男人這麼回應道，我輕敲起太陽穴。

拒絕的話恐會自找麻煩，但若真讓兩人見了面，感覺只會再引來其他麻煩。如果可以，我並不想讓兩人見到面。得想辦法再拖延一段時間。

……總之先提醒齊爾維斯特，在奉獻儀式結束前都不能靠近梅茵。

奉獻儀式是項非常重要的活動，神殿人員都得為小聖杯盈滿魔力。而小聖杯裡的魔力，將影響到整個領地的收成。如此重要的儀式，相信他也不至於來搗亂吧。

齊爾維斯特（CV：井上和彥）

斐迪南那傢伙，他真的說了想讓卡斯泰德收平民女孩為養女嗎？梅茵就是那個平民出身的見習青衣巫女吧？嗯……這下可有點意思。

話說回來，斐迪南會讓那個平民女孩進入神殿，又讓她成為見習青衣巫女，應該都是為了艾倫菲斯特。由於中央發生過政變的關係，如今領內擁有魔力的青衣神官和巫女都減少了許多。舉行儀式時所奉獻的魔力減少後，領地的收成也一年不如一年。

而梅茵雖然成了見習青衣巫女，卻似乎不是普通的平民之子。由於她身上有太多疑點，先前斐迪南就曾要我把窺看記憶的魔導具借給他，好查看梅茵的記憶。他說因為梅茵具有著難以想像是平民孩童的知識，總能想出不可思議的方法製作書籍，還提到過一些他聞所未聞的人。在斐迪南的描述下，梅茵聽起來簡直可疑到了極點，但我可沒忘了斐迪南本就生性多疑。對方不過是個剛受洗的小女孩，是能帶來多大的威脅？況且窺看記憶的魔導具，不管是對窺看的人，還是對被窺看的人，都會造成極大的負擔，所以我曾一度拒絕斐迪南的請求。

然而，梅茵卻在騎士團員面前展現出了驚人的魔力量。斐迪南說若是置之不理，也不讓她去學習如何操控魔力，她那樣的魔力量將會對領地帶來危險。無可奈何下，我只好把窺看記憶的魔導具借給斐迪南。結果因而得知，原來梅茵擁有著在另一個世界生活過的記憶。

異世界是什麼？真的不會對艾倫菲斯特帶來危害嗎？這下子我更該親自去會會她才行吧？啊？不行？為什麼？……唔，會影響到領地收成的儀式確實非常重要。沒辦法，只好耐心等待春天的到來了。反正冬季期間我也很忙。不過，那可是斐迪南說了想讓卡斯泰德收為養女的孩子，我無論如何都得去瞧瞧才行！給我等著吧。

※此四篇獨白，是在二〇二二年四月十日播放的「『《小書痴的下剋上》～非要在書架劇場裡現場直播～』第三季動畫播映特別節目」中進行朗讀。

番外篇
～FANBOOK7全新短篇～
為了更長更久
漫畫：波野 涼
羅潔梅茵大人，我有重要的事情要告訴您。
那我們回房（秘密房間）慢慢討論吧。
我們去工坊吧。
先前在哈塞的小神殿，法藍進入了秘密房間。
法藍好像曾在秘密房間裡有過不愉快的回憶，在這之前從來沒有進去過。

每次他都是一臉蒼白，駐足在門外，
然後在外頭等著而已。
明明之前如果要有人進入秘密房間，他都是交給我……
那法藍為什麼要進秘密房間？
他說是為了訓斥羅潔梅茵大人，但又不方便讓其他人聽到。
很符合法藍的行事作風嘛。
不過，為了主人，他克服了自己內心的障礙呢。
法藍身為侍從，真的很了不起。

為了羅潔梅茵大人，我也要更加進步才行！
為了加米爾，姊姊我會努力做出更多的智育玩具~!!
那麼，關於韋菲利特一事，明日聽取過報告後我再作判斷。
總算為韋菲利特哥哥大人爭取到了緩衝的機會，沒有讓他馬上就被廢除繼承權……
唉～

大小姐，您的臉頰沒事吧？
雖然我們已經很熟了，但神官長對個小孩子下手也太重了點。
不過，一想到神官長不僅無法反駁，還出手捏我的臉頰洩恨……
代表神官長也認可了吉魯的成長吧！
名誉の負傷!!!
這是光榮的負傷!!!
回到神殿以後，得好好稱讚吉魯才行！

《小書痴的下剋上》廣播劇6 配音觀摩報告

香月美夜

二〇二一年某日，我前往配音現場參觀。

和上次一樣，這次我也沒有搭乘大眾交通工具，而是坐車前往錄音工作室。只不過這次開車接送的不是責任編輯，而是外子。外子因為正居家工作，無論在哪裡都可以工作，加上他是井上喜久子小姐的超級粉絲（笑）。

這次的錄音工作同樣分成三天進行。基本上每位聲優都是單獨錄製。若有非常需要你來我往那種節奏感的場面，也會兩人一起錄音。但是，最多就是兩個人。錄音時中間還會拉起透明的塑膠簾。

每次在換下一位聲優進入錄音間之前，都會先通風換氣並消毒。去年錄製廣播劇5的時候，政府所發布的緊急事態宣言已經接近尾聲，工作室也慢慢地重新開始錄音工作。因此那時候還會有些手忙腳亂，必須不停地確認消毒步驟，但現在已經過了將近一年的時間，所有動作完全是一氣呵成。

去年的錄製是在緊急事態宣言接近尾聲的時候，這次換作是趕在第三次的緊急事態宣言前完成錄製。這樣回想起來，《小書痴的下剋上》廣播劇老是緊貼在期限的前後完成呢。

控制室也訂下了一次最多只能幾個人入內的新規定。這天在擺有器材設備的前方，分別坐著音響監督、錄音師與錄音師助理。擺在正中央的椅子上坐有責任編輯與外子，後方坐在桌邊的則是鈴華老師、我與編劇國澤老師。

上次廣播劇的錄製，因為可以出席的日子並不重疊，所以我也許久沒有見到鈴華老師了。上次見面是大約一年半以前的酬謝會。

「鈴華老師，好久不見了。最近過得還好嗎？」

「過得還可以，只是不能出去旅行轉換心情，實在是太痛苦了。」

出版社的企畫製作部因為有新人進來，於是交換名片。責任編輯告訴過我，有個新人是在製作《小書痴的下剋上》動畫版時認識，後來對方便改到了TO Books出版社工作。這是我與對方第一次見面寒暄。

鈴華老師說：「真是抱歉，今天我沒有帶名片過來！」

因為參與廣播劇錄音的工作人員都是老熟人了嘛，也難怪這次會放鬆警戒。

我也找了自己的包包，卻沒有找到名片夾。記得自己明明放進來了啊，真奇怪。我納悶地歪著頭，拿出錢包裡的備用名片遞出去。

「香月老師，您竟然帶了名片嗎？」

「語氣請不要那麼驚訝。明明就是鈴華老師建議過我，為了以備不時之需，平常可以放張名片在錢包裡備用吧？」

「原來是我說的啊……」

然而，枉費我還對著鈴華老師得意挺胸，身旁卻傳來一道聲音說：「那個，您給的名片兩張黏在一起了……」

……啊啊啊！怎麼會這樣！

「呵，看來只能當作幕後插曲，寫進配音觀摩報告裡了呢。」

「我看還是算了吧。讀者應該都膩了吧。」

「我倒覺得只是交換名片而已，居然可以用不同的方式失敗這麼多次，讀者們應該會很佩服。」

我認真覺得外子應該馬上閉上嘴巴。

錄製第一天

〇井上和彥先生

井上和彥先生飾演的是齊爾維斯特與席格斯瓦德的近侍。

這次的廣播劇因為內容包括領主會議，所以與之前幾輯相比，齊爾維斯特的臺詞明顯多了不少。儘管做為奧伯・艾倫菲斯特被王族與羅潔梅茵耍得團團轉，但也有許多臺詞都展現出了他領主的威嚴，非常帥氣迷人。

「第〇頁請再苦笑一點。更多地表現出私底下的感覺。」

「第×頁這邊請表現出苦澀的感覺。」

「第△頁那種以父親身分守在一旁的感覺請再強烈一點。」

配音都會先從簡單的測試開始，再閱讀劇本內音響監督指定的範圍，然後由工作人員提出該修改的地方與感想，音響監督統整後再傳達給聲優，最後正式錄音。整套流程下來就是這樣。

傳達了要求以後，職業聲優就能馬上做到。每一次都令我嘆為觀止。

席格斯瓦德的近侍只有一句臺詞而已。

請井上先生以比較蒼老的聲線進行演繹。

最終不到三十分鐘就錄音完畢。好快、好厲害、太精采了。

負責選角的工作人員還上前寒暄說：「齊爾維斯特將在動畫第三季裡登場，屆時動畫的配音也麻煩您了。」聞言，我不由得感慨萬千地心想：「啊，對喔。齊爾維斯特在動畫裡面是初登場呢。」因為一直以來聽了這麼多輯廣播劇，實在沒有「初次見面」的感覺。

再說，現在廣播劇的劇情已經到了第五部，動畫卻還在第二部，時間線差太多了。當齊爾維斯特在第二部裡微服出行時，為他配音的井上和彥先生肯定也會有些適應不過來吧（笑）。

○井上喜久子小姐

井上喜久子小姐飾演的是艾薇拉與艾格蘭緹娜。

聲優陣容確定之際，外子簡直興奮到不行，還找了幾個井上喜久子小姐配過音的動畫角色給我看。她配的角色大多有著溫文柔婉的聲線，所以我個人十分意外會找她來為艾薇拉配音。究竟她會呈現出怎樣的艾薇拉呢？真教人緊張又期待。

「啊，井上喜久子小姐好像到了。錄音前要去打聲招呼嗎？」

「好。」

外子比我更快回答。不過，外子在現場並不會與聲優寒暄或是攀談喔。他只會表現得像是我的經紀人一樣，始終站在身後面帶微笑。

「我記得井上小姐好像是永遠的十六歲……」

「是十七歲。」

外子立刻吐槽，眼神超級認真。責任編輯站起來苦笑道：「您真的很清楚呢。」移動之後，選角人員為我們叫來井上喜久子小姐。

「這位便是飾演艾薇拉的井上喜久子小姐……呃，是永遠的十八歲嗎？」

「是十七歲！」

選角人員才剛這麼介紹完，本人立刻吐槽。這是她個人特有的哏嗎？（笑）

但她吐槽的時候氣噗噗的，非常可愛呢。完全看不出年紀。

我沒想太多就問外子：「那實際上究竟是幾歲呢？」他回答：「十七歲。」

……嗯，這我已經知道了喔。

井上小姐就和外表給人的感覺一樣，性格溫婉又恬靜，讓人覺得：「這一位感覺本人就能飾演艾格蘭緹娜了呢。」似乎看過原著的她還這麼表示：「看到艾薇拉那個段落的時候，我感動得都哭了呢。我一定會竭盡所能演繹，有任何意見請儘管提出來。」

經紀人甚至告訴我們：「她因為太感動，很可能還沒接到指示就有哭腔跑出來。所以最擔心能否演好的就是她本人了。」聽了真的很教人開心。

接著才剛開始錄音，錄音師助理便突然喊停：

「請等一下。通風用的風扇沒關！」

「咦？真的假的？」

「啊，真的耶！」

居然可以察覺到就連音響監督他們也沒發現的細微聲響，錄音師助理的聽力著實教人吃驚。

這就是對雜音非常敏感的專家。太厲害了。

確認風扇完全靜止後，才重新開始錄音。

而井上小姐才說出第一句話，控制室內就響起了掌聲和喝采。

簡直就是艾薇拉本人！聲音聽起來完全是堅毅不屈的貴族女性。

身為騎士團長的妻子，時而嚴厲，時而卻也深情重義。不僅如此，在想像著要把菲里妮與達穆爾寫進戀愛故事裡的時候，聲音又是逗趣十足。妄想中的艾薇拉徹底進入了旁若無人之境，讓控制室裡的人都忍不住笑了出來。

「第○頁的平民好像唸成『聘民』了。」

「居然能從陶醉不已的狀態迅速切換過來，太精采了。」

「第×頁的『在那之後』請改為『之後』就好。」

聽說選角人員一直覺得井上喜久子小姐非常適合飾演艾薇拉，早在很久以前就想邀請她來飾演。這眼光真是太精準了。

而可謂是本次名場面的母與女的對話，光是測試時的表現就完美到令人想哭。

接著是艾格蘭緹娜。

不愧是永遠的十七歲，扮演起艾格蘭緹娜也完全不奇怪。

井上小姐用絲毫不帶惡意的溫柔甜美嗓音說：「妳願意協助我們吧？」成功地演繹了貴族大小姐。太完美了，簡直神乎其技。

對了對了，井上小姐還帶了蝦味仙貝來請我們吃喔。發給控制室裡的每個人後，剩下的就由我（還是外子？）帶回家了。非常好吃。

○午餐

所有工作人員不是吃燒肉便當，就是吃漢堡排便當。我因為身體尚未完全康復，吃不了這兩種便當，就請外子去超商挑選了我吃得下的食物。飯糰真是美味呢。嚼呀嚼。

吃過飯以後，鈴華老師和我輪流為簽名板簽名。

「我也好想要簽名板喔。」

聽到鈴華老師這麼說，我也用力點頭：「我懂。真的會很想要呢。」

「不過，突然提出這種要求，工作人員應該會很困擾吧，而且我也不是現在就想拿到。我個人是希望最後一集的廣播劇可以拿到簽名板。」

「已經確定最後一集也會有廣播劇了嗎？」

鈴華老師吃驚反問，我連忙搖搖手說：「不，還沒有確定啦。」

「但接下來到最後一集之前，只要銷量沒有突然下降到《小書痴的下剋上》得中途斷尾，或是只有廣播劇完全賣不出去，或是出版社倒閉了，應該會有廣播劇的吧？」

「慢著，香月老師！請不要說這麼不吉利的話！」

「其實我的意思是除非出了什麼大事，否則應該不用擔心，本來是希望能有安慰的效果呢……」

如果是全新創作的長篇小說，今後的銷量可能會完全無法預期，但《小書痴的下剋上》截至目前為止，在網路上連載時被加入書籤的數量以及感想的增加速度，都與書籍銷量的成長幅度有著正相關，加上動畫第三季開播在即，我想不至於在第五部出到一半的時候突然斷尾吧。

而且第五部Ⅶ之後，故事的發展簡直是一波未平、一波又起，有許多橋段都讓人想要知道聲優會如何演繹。國澤老師肯定會抱著頭陷入選擇障礙，不知道該挑選哪個段落的哪個場景加入廣播劇裡。至今支持購買廣播劇的讀者當中，也一定有很多人非常期待後續廣播劇的推出吧。

「最糟糕的情況，就是大不了由我成立公司再推出……」

「到時候還請僱用我。」

「責任編輯還請努力不要讓出版社倒閉。」

○關俊彥先生

關俊彥先生飾演的是勞布隆托、基貝・克倫伯格與恐怖分子。

首先是勞布隆托。

由於之前已經扮演過，聲線的設定十分順利。

「第〇頁的臺詞感覺可以再冷酷一點。」

由於臺詞不多，很快就錄完了。

接著是基貝・克倫伯格。

雖然只在回憶片段裡穿插了幾句臺詞，但基貝・克倫伯格實在是太帥了！

自從有了插圖，這個角色的熟男魅力本就直線上升，現在再加上聲音以後，那股魅力就更迷人了。基貝・克倫伯格的成熟魅力簡直教人難以抵擋。

明明勞布隆托與基貝・克倫伯格都是中年大叔，聲音聽起來卻完全不一樣。

聲優真是太厲害了。

最後面是恐怖分子。同樣是回憶的場景裡只有幾句臺詞。

就是在羅潔梅茵二年級的表揚儀式上，發動襲擊的恐怖分子。

發出吼叫般的大喊後，錄音就結束了。

以上總計花不到十分鐘。

佩服。

○寺崎裕香小姐

寺崎裕香小姐飾演的是韋菲利特與出席者3。

這次的廣播劇裡有韋菲利特情感爆發的場面，寺崎小姐也很好地呈現出了叛逆期的感覺。

完全是無可挑剔。

敬請期待韋菲利特發自內心的吶喊。

選角人員告訴我們，對於這次的廣播劇，寺崎小姐從一開始就展現出了一定要演好韋菲利特的堅定決心。據說寺崎小姐還這麼問過：

「韋菲利特什麼時候會在動畫裡登場呢？真希望動畫可以一直做到跟上這輯廣播劇的進度。」

……這我也希望。但韋菲利特連在動畫第三季裡都還沒有出場，如果想要追上廣播劇現在的進度，恐怕會是很久以後吧（笑）。

午餐過後，連續幾位都是臺詞數量不多的聲優進來錄音，所以都是錄音十分鐘、通風加消毒五分鐘，如此反覆循環。工作人員也不停忙碌地進進出出。

目送寺崎裕香小姐離開後，接著是速水獎先生。

○速水獎先生

速水獎先生飾演的是斐迪南。

他的表現一如既往的高水準。

聲音也是美如天籟。

要是這次的廣播劇裡完全沒有出場，斐迪南迷肯定會大失所望吧。

幸好就算斐迪南去了亞倫斯伯罕，我還是利用書信往來讓他偶爾有出場的機會，當初的我幹得好啊。

……但話雖然這麼說，這次因為只在書信往來的場景裡有臺詞而已，所以只花五分鐘再多一點的時間就火速錄完了。

快得讓人反應不及。

趁著速水老師簽名的時候，我與責任編輯一同過去問好。

「老師近來還好嗎？」

聽到速水先生這麼問，我反射性地回答：「很好喔。」但接著就想到，其實自己近來身體並不好。

我活生生地演繹了“How are you?” “I'm fine. Thank you.” 這經典教科書對白。但我要是回覆自己「前些日子都在昏睡」，速水先生大概也會不知道該作何反應吧。嗯，那還是就這樣吧（笑）。

「之後動畫第三季的配音再麻煩您了。」

「我很期待喔。我也請您不吝賜教。」

○內田雄馬先生

內田雄馬先生飾演的是哈特姆特、雷昂齊歐與亞納索塔瓊斯的近侍。

首先從哈特姆特開始。就是明明廣播劇裡出場次數不多，卻散發出了強烈存在感的那個哈特姆特。

「……好像有點不夠哈特姆特？」

鈴華老師這麼表示後，我與國澤老師雙雙點頭。

「是啊，感覺少了點什麼。」

「後半段情緒是到位了，但好像從一開始就要這樣……？」

音響監督統整並傳達我們的意見，然後再次錄音。

「啊，好多了。雖然好多了，但還是差一點……」

「對，請他再多加一小撮哈特姆特的成分。」

「什麼一小撮，說得好像調味料一樣……」

不過，真的就是加了一小撮。結果剛剛好。

接著是雷昂齊歐。

他是蘭翠奈維的王族，今後將三不五時出場一下。只不過不知道廣播劇裡，他的出場次數會有多少……（苦笑）。

「『偽王』單看文字的話一眼就能看懂，但如果是用耳朵聽，就很難聽懂在說什麼吧？」

「要改成其他詞彙嗎？」

「改成『假國王』就好了吧？我記得恐怖分子在某個場景也曾這麼喊過。」

雷昂齊歐努力地遊說著蒂緹琳朵。光聽聲音，就覺得雷昂齊歐的美男子形象又加強了幾分。聲優真是太厲害了。

最後是亞納索塔瓊斯的近侍。

這邊有兩句臺詞。

「老師，亞納索塔瓊斯的近侍設定在四十歲左右沒問題嗎？」

音響監督這麼問道，我看著劇本搖搖頭。

「後面這一句設定在四十歲左右是沒問題，但最一開始這句臺詞是六十歲上下的老爺爺說的。是位很有管家氣質的侍從喔。」

「咦？老爺爺嗎?!不是四十歲左右？」

因為角色名只寫著亞納索塔瓊斯的近侍，考慮到還能在一定程度內變更年紀，音響監督才會想要拜託內田先生吧。

「既然是在亞納索塔瓊斯的離宮迎接第一王子，那一定是首席侍從歐斯溫。所以是已經一把年紀的管家喔。」

「原來是有名字的角色啊……」

「雖然幾乎沒在廣播劇裡出場過，就跟路人差不多，但本傳故事裡拜訪亞納索塔瓊斯的離宮時，出來迎接的都是歐斯溫喔。」

就連羅潔梅茵這樣的中領地領主候補生也會出來迎接，那麼第一王子造訪離宮時，首席侍從若沒出來迎接就太奇怪了。

「內田先生，不好意思，前面的臺詞是位老先生。能麻煩你嗎？」

「我試試看。」

結果實在驚人！聽到完美的老先生配音，控制室內還響起了掌聲……

敬請期待內田雄馬先生所飾演的老爺爺。

○中場休息

在下一位聲優抵達工作室之前，有大約一個小時的休息時間。

由於時間相當長，有人稍微到外面去工作，也有人出去散步。

錄音師與錄音師助理則是在檢查錄完的檔案。

「啊，這個是？」

「好像是一年前還是兩年前，錄音時《小書痴的下剋上》偶爾會有只錄一、兩句話的角色，所以為了能馬上調出檔案，我依照角色還有聲優陣容整理了音檔。」

聽完這段對話，控制室內響起一片讚聲：「厲害！太優秀了！」錄音師助理露出了靦腆的笑容。

「但我完全忘了自己整理過這些檔案。」

「那拿出來用吧！難得整理好了快拿出來用！」

「反正錄音還沒結束，現在還有機會。快拿出來用吧。」

大家起鬨了一會兒後，我們接著在錄音工作室裡就地進入工作模式。責任編輯輕輕地遞來一臺ｉＰａｄ。

「香月老師，可以麻煩您看一下這些郵件嗎？」

「可以啊。現在先處理完的話，回到家就不用再工作了，當然好。」

除了公式漫畫選集的原稿，還有第三部漫畫版的修改部分，當我檢查完休息時間也結束了。

嗯？那休息時間的意義是……？

○森川智之先生

森川智之先生飾演的是卡斯泰德、波尼法狄斯與伊馬內利。

首先是卡斯泰德。

由於卡斯泰德在動畫裡已經登場過了，錄音很順利就結束了。

無可挑剔地迅速結束。

接著是波尼法狄斯。

老實說，我本來還擔心由同一位聲優飾演卡斯泰德與波尼法狄斯，真的沒問題嗎？雖說是父子，就算聲音相像也沒什麼問題，但完全沒有差異也不好。

然而設定聲線的時候，居然精準地呈現出了年齡的差異。

波尼法狄斯完全是上了年紀的男性嗓音。我實在佩服之至。

「蓋傑、茲、凱特？」

「重音請照我這樣唸：『蓋傑茲凱特』。」

除了本就難唸的片假名外，這次的一大難題還有「懸想／kesou（愛慕）」這個詞彙的重音。

「不好意思。『懸想／kesou』這個詞在重音辭典裡也有兩種唸法，請問要唸哪一種？」

「咦？有兩種嗎？要用哪一種？」

對於森川先生的提問與音響監督的反問，控制室裡的眾人紛紛唸起了「懸想」、「懸想」。最終以多數決採用了其中一種。

《小書痴的下剋上》裡，「懸想／kesou」這個詞今後還會不斷出現，大概每次錄音都得表決「要用哪一種」吧（大膽預言）。

○本渡楓小姐&石見舞菜香小姐

本渡楓小姐飾演夏綠蒂、錫爾布蘭德與休華茲。

石見舞菜香小姐飾演了布倫希爾德、莉瑟蕾塔以及懷斯。

這天的最後一次錄音由這兩位聲優同時進行。

錄音間以塑膠簾隔作兩半。

「開始前，先播放之前錄過的音檔。」

錄音師們用心整理好的檔案火速派上了用場。

「那麼先錄休華茲與懷斯吧。」

這部分的錄音完全就是兩倍的可愛！

聽到休華茲與懷斯用可愛的嗓音你一句我一句，實在是可愛得讓人受不了。

異口同聲的地方也是完美配合。

因此在他們說著「公主殿下，危險」、「公主殿下，排除」的時候，那駭人的臺詞與可愛的聲音更是形成了強烈的反差。

真的很像機器人在說話。

本渡小姐所飾演的夏綠蒂與錫爾布蘭德也沒有什麼問題。

一眨眼就結束了。

石見小姐的布倫希爾德則是堅毅又凜然，莉瑟蕾塔卻又是可愛迷人。

「這邊請再多點莞爾想笑的感覺。」

「最好有那種笑咪咪地看著妳的感覺。」

莉瑟蕾塔微笑靜待的場景，敬請期待。

就這樣，錄製第一天結束了。

錄製第二天

這天一到錄音工作室，只見鈴華老師正用ｉＰａｄ在工作。在外還可以工作真是方便呢。

……不過，我自己在有人的地方就無法專心創作，所以在外能做的只有擴寫大綱和設定角色而已。

「香月老師，可以占用您一點時間嗎？這是下一話的大綱……」

「好好，當然可以呀。」

鈴華老師喚我過去後，我們便針對漫畫版的大綱討論起來。雖然鈴華老師說是「下一話」，但其實下一話的繪製作業已經開始，所以正確說來其實是「下下一話」的大綱才對。好幾項作業多頭並行的時候可真辛苦。漫畫版在改編上又必須適度地將原作去蕪存菁，所以有改動的時候都會來問我有沒有問題。

鈴華老師問完問題時，錄音也開始了。

○山下誠一郎先生

山下誠一郎先生飾演的是柯尼留斯、亞納索塔瓊斯與出席者1。

亞納索塔瓊斯在序章就登場了，所以從亞納索塔瓊斯開始錄製。開始前先聽了之前廣播劇的錄音，所以聲線完全沒有問題。

「老師，第○頁一開始是怎樣的感覺？進去時會開門嗎？」

「不會喔，地下書庫裡沒有門，只有魔法所形成的透明牆壁。不過，腳步聲可以大一點，表現出有些匆忙的感覺或緊張感。」

我回答後，音響監督便向山下先生下達指示。

「第○頁請表現出以稍快步伐走來的感覺。」

這什麼指示？一般人聽到都會嚇一大跳吧？然而，聲優在聽到這樣的指示以後竟然辦到了。山下先生的聲音起先有些模糊，接著表現出了由遠而近的感覺。

「第×頁最後一句話說得太溫柔了，比起亞納索塔瓊斯，更像是柯尼留斯吧？」

「第△頁的語氣太強硬了。這邊稍微有點施壓的感覺即可。」

修改了一些小地方後，這部分的錄音很快便結束。

接著是柯尼留斯。

同樣是先聽過之前的音檔，再沿用當時的聲線進行演繹。

「第○頁的『是』太僵硬了呢。」

「第×頁的語尾那邊會不會太輕快了？有點輕浮的感覺……」

由於臺詞不多，柯尼留斯的部分也很快就錄完了。

最後再錄了出席者的臺詞，山下先生便完成錄音。

○井口裕香小姐

想來已經不必多作說明，井口裕香小姐飾演的正是羅潔梅茵。

我與責任編輯一起過去寒暄道：「好久不見了。動畫第三季的配音也麻煩您了。」

雖然距離上次見面已經相隔許久，但井口小姐一直在參與《小書痴的下剋上》有聲書錄製工作。

「羅潔梅茵的聲線似乎都沒什麼問題，真是太好了呢。」

「說到這個……因為有聲書現在錄到第三部，今天的廣播劇是錄第五部……然後動畫是第二部吧？我的腦袋老是會一團混亂。」

「啊，我懂、我懂。時間線一直跳來跳去，大腦常常會切換不過來吧。」

像我也是小說正出到第五部，漫畫改編同時有第二、第三、第四部，動畫改編則到第二部後半，而Junior文庫前陣子才出到第一部。除此之外，公式漫畫選集的內容則是涵蓋了第一到第三部。每次檢查原稿與創作短篇的時候，都得對照腦海裡的時間線，確保角色間的距離感符合當下的劇情，也要確認當下已經釋出的情報有哪些、人物該是什麼髮型與服裝等等，所以腦袋很容易陷入一團混亂。

另外，商人聖女也是這輯廣播劇的名場面之一，預計要由井口小姐與梅原先生兩人一起錄音。所以在梅原先生加入之前，井口小姐要先錄好其他所有部分。

不過，真不愧是主角呢。井口小姐的臺詞量多到教人吃驚。

而且這次的劇情包括祠堂巡禮，所以有許多神名以及與神有關的詞彙，這些都是難唸的片假名。

測試時，不停地遇到了無法馬上順暢唸出的單字，就像這樣：「艾爾瓦……艾爾瓦克、列廉？」「泰、泰底悉恩達？」真是對不起。

「第○頁少了敬稱，請加上『大人』。」（↑這種情況蠻多的）

「第×頁斐迪南會接著說下去，所以把其中一人的臺詞刪掉吧。」

「第△頁有點太拐彎抹角了，請讓我修改一下臺詞。」

用耳朵聽的時候，就會發現不少令人卡住的地方，需要對臺詞進行細微的修改。井口小姐因為臺詞本就很多，所以有不少地方都予以修正。

「不好意思。這邊的『很好』要唸作『yoi』還是『ii』？」

「獨白時唸『ii』沒關係，但出現在對話裡時請唸『yoi』。」

平民時期基本上會唸「ii」，但成為貴族以後基本上是唸「yoi」，這部分有個大概的區分就沒問題了。

「那個，第△頁『懸想／kesou』的重音，是不是和波尼法狄斯唸的不一樣？」

「要確認嗎？那我馬上調出波尼法狄斯的音檔。」

所有人一起錄音時，就可以一致地決定好重音唸法，但單獨錄音的話就只能一一去確認並修改。錄音師助理立刻找出了錄好的波尼法狄斯音檔。太優秀了！

「我覺得這裡好像跟韋菲利特的情緒有落差。」

「錄音時韋菲利特的情緒非常激動吧？可能最好讓井口小姐先聽一下？能調出音檔嗎？」

不光是重音而已，當交談的對象不在現場，有時彼此的情緒就會有落差，結合起來怎麼樣都不協調。

「艾薇拉的哭腔與羅潔梅茵的情緒好像也對不起來。」

「那艾薇拉的音檔也放出來聽聽。」

播放了韋菲利特激動的吶喊，以及艾薇拉帶著哭腔的話聲後，再請井口小姐在調整後重新演繹羅潔梅茵。親眼目睹了幕後的這番辛勞後，我覺得能與其他人一起錄音真的非常重要。

井口小姐單獨的錄音結束後，中間有十分鐘的休息時間，之後就要加入梅原先生，兩個人一起錄音。

「如果要吃午餐，只有這十分鐘的休息時間喔。要吃的人動作快！」

工作人員從超商買來了飯糰與三明治，大家各自選了想吃的口味後就默不作聲地開動，兩三下解決午餐。

接下來商人聖女的場面，由井口裕香小姐與梅原裕一郎先生一起錄音。

「可以一起錄音真是太好了。」

「我可能會因為吃螺絲多花一點時間，先跟您說聲抱歉。」

兩人互相問好的時候，工作人員則忙著在錄音間內拉起塑膠簾子、關閉通風用的風扇，以及調整麥克風的位置。

○梅原裕一郎先生

首先是測試。

梅原裕一郎先生飾演的是達穆爾、席格斯瓦德與出席者2。

這次席格斯瓦德的臺詞量之多，說是第二主角也不為過。

「感覺有些太低沉、太冷漠了……香月老師覺得呢？」

「感覺要再溫和沉穩一點，比較像是席格斯瓦德。還有說話速度太快了。」

鈴華老師、我與國澤老師發出沉吟，討論著席格斯瓦德該有怎樣的聲音。

「以我個人來看，除了說話方式，就連聲音也還是跟達穆爾比較接近。」

「但不管是達穆爾還是馬提亞斯，都不會與席格斯瓦德同時出現，那用類似的聲線應該沒關係吧？」

「可是在眾多角色當中，梅原先生的聲音讓人很印象深刻。」

國澤老師說得沒錯。

梅原先生現在的聲音確實令人印象深刻。

「目前為止都還沒有這種聲線，所以就這點來看，要保留現在的聲線是沒問題，但我希望語氣能再沉穩、從容不迫一點。現在的感覺更像文官，沒有貴族氣息。」

「還有抑揚頓挫太明顯了……沒有王族的感覺。」

「怎麼說呢……就是聲音不能有傲慢或是想震懾別人的感覺。因為本人只覺得自己在說再理所當然不過的事情，完全沒有惡意。」

音響監督統整了我們的意見後，前往錄音間為梅原先生說明。與此同時，控制室裡關於貴族該怎麼說話的討論還在持續著。

「所謂貴族該有的說話方式，很難一言以蔽之吧？像在當今的日本社會，如果有人問我貴族應該怎麼說話，我一時間也回答不出來……」

責任編輯還說動畫在配音的時候，何謂貴族該有的說話方式也會是一大難題吧。的確，因為動畫第三季裡將有貴族登場。雖然戰鬥的時候，騎士不太需要保有貴族風範，但談話時就必須非常留意。

「有沒有什麼範本能夠幫助聲優想像，進而模擬貴族該有的說話方式呢？」

「就像天皇陛下那樣吧。當然照原樣模仿的話，那樣的語速並不適合用來為廣播劇與動畫配音。但所有皇室成員在說話的時候，語氣都很從容沉穩，也沒什麼抑揚頓挫，非常彬彬有禮吧？只要想像他們說話的樣子，應該就能有貴族氣息了吧？」

就這樣反覆試錯之後，成功設定好了席格斯瓦德的聲線。

「第○頁席格斯瓦德的臺詞請讓我修改一下。」

「第×頁羅潔梅茵唸的『領主一族』的重音是否有些奇怪？」

「第△頁席格斯瓦德的嘆氣聲請再明顯一點。」

商人聖女的場景錄完後，井口裕香小姐的錄音也結束了。

「大家辛苦了。那麼我先失陪了。」

井口小姐離開後，花了五分鐘時間通風與消毒，梅原先生再獨自一人進到錄音間，繼續錄製席格斯瓦德其他場景裡的臺詞。

這部分很快就結束了。

接著是達穆爾。

雖然這才是梅原先生的主要扮演角色，但這次只有一句臺詞而已。

一下子就錄完了。

選角人員向我們轉述了他與梅原先生的對話。

「之前在其他工作場合遇到梅原先生的時候，剛好聊到這次小書痴的廣播劇，他就說：『我主要飾演的達穆爾居然只有一句臺詞而已。』這種時候我該怎麼回答才好？」

「啊～……達穆爾確實是個很棒的角色，人氣也很高，但到了第五部就很少出場呢。」

「而且就算偶爾出場，也都是他大顯身手的時候，只可惜改編成廣播劇時通常只能刪掉……但這是個很棒的角色喔。」

鈴華老師與國澤老師竭盡所能地幫達穆爾這個角色說話。

沒錯沒錯。雖然在廣播劇裡沒什麼出場的機會，但達穆爾可是很受歡迎喔。每次人氣角色投票，都能穩定地進到前五名。

這次廣播劇的改編範圍，其實也涵蓋到了菲里妮與達穆爾針對康拉德的未來有過的談話，也有達穆爾大展身手的場面，只是很可惜都沒有收錄進來。

「嗯，因為達穆爾大多是在第二部後半和第三部出場嘛。反正還有動畫，倒也不用太過灰心。」

現在廣播劇裡經常登場的角色多是貴族。換言之，他們都要等到第三部之後才會出場，所以目前在動畫裡完全沒有露面的機會。常常還有聲優會跑來說：「動畫出到這裡的時候請邀請我。」或者是問：「我在動畫裡面還沒出場嗎？」

「就算達穆爾在這次的廣播劇裡只有一句話，我也覺得有臺詞就很不錯了。」

「那我下次遇到就回他：『有臺詞就算不錯了吧。』」

「這好像也不太好……（笑）」

不過，我真的覺得達穆爾有臺詞就很不錯了喔。因為關俊彥先生主要飾演的尤修塔斯，這次可是一句臺詞也沒有。

○潘惠美小姐

潘惠美小姐飾演的是蒂緹琳朵與克拉麗莎。

先聽之前的音檔，再開始錄製蒂緹琳朵的部分。兩個場景一個是在圖書館，另一個是在為雷昂齊歐說話。

「語氣會不會太輕佻了？」

「蒂緹琳朵講話本來就不算端莊。只要能表現出受到圖魯克蠱惑、別人說什麼就是什麼的感覺就好了。」

雖然蒂緹琳朵本就隨心所欲，即使沒有圖魯克也不懂得忍讓，想做什麼就做什麼，但還是要有區別才行。

蒂緹琳朵的部分很快就錄完了。

接著是克拉麗莎，也是哈特姆特的未婚妻。

「克拉麗莎真可愛呢。」

「真是可愛又有朝氣。」

不光是蒂緹琳朵，克拉麗莎的聲音也很可愛。但明明是年齡相仿的女性，多半因為性格截然不同，聽起來就像是另外一個人。好厲害。

第二天的錄製就這麼結束了。

這天因為排程密集得連午休時間也沒有，再加上接連都是臺詞很多的主角來錄音，所以明明錄音時間比第一天要短，卻讓人非常疲憊。

錄製第三天

這天鈴華老師並未出席。聽說是繪圖作業正進入佳境。

加油！

雖然我自己也該趕趕進度才行（笑）。

○宮澤清子女士

宮澤清子女士飾演的是索蘭芝。

先聽之前的音檔，接著開始錄音。

和藹可親老奶奶的感覺非常到位。

因為已經很熟悉了，沒有什麼修改就順利錄完。

○諸星菫小姐

諸星菫小姐飾演的是漢娜蘿蕾。

和其他聲優一樣，都是先聽之前的音檔後，再開始錄音。

漢娜蘿蕾的聲音依舊非常可愛。

連外子都開心地說：「唔，漢娜蘿蕾大人太可愛了。」所以我敢拍胸脯保證。

○田村睦心小姐與中島愛小姐

田村睦心小姐飾演的是路茲與瑪格達莉娜。

中島愛小姐飾演的是多莉、瑪蒂娜與歐丹西雅。

首先是路茲與多莉。

從終章部分兩人的對話開始。

在這次的廣播劇裡，兩個角色的年紀都比動畫裡的要大。但就算年紀有所增長，也不能和小時候的聲音完全不像，所以要注意的是聲音不能變得太多。

《小書痴的下剋上》裡，角色都會隨著時間推移逐漸長大，所以不單是畫插圖的椎名老師很辛苦，聲優們應該也很不好拿捏吧。

不過，兩位都有著不愧是職業聲優的安定表現。難以想像上一次為動畫配音已經是將近兩年前的事，配出來的聲音完全符合角色當下的年紀。

接著是瑪格達莉娜。

由於是女性角色，當然與田村小姐扮演路茲時的少年聲線截然不同。

而且一次過關。

聽起來就是堅毅果敢的女性，完美符合瑪格達莉娜這個角色。

感覺就是狠角色。不愧是戴肯弗爾格的女人。

再來是瑪蒂娜。

她是蒂緹琳朵的見習侍從，只有一句臺詞而已。

「啊啊～不管怎麼調整就是跟多莉很像～！本來想讓多莉的聲音年輕一點，以此來做區分，可是……偏偏兩人出場的時間又這麼近。」

從控制室也能看見中島小姐如此苦惱地吶喊。

「那個，其實很像也沒關係喔。因為原本設定上，瑪蒂娜就是與多莉十分相像的人物。所以我還以為自己已經拜託過中島小姐了呢。只要有點區別就可以了。」

「老師說設定上這兩人本就很像，所以現在這樣沒問題。」

音響監督這麼轉告後，中島小姐也十分驚訝地表示：「咦？很像也沒關係嗎？」

但一臉驚訝的她還是繼續錄音。

然後很快就結束了。

最後是歐丹西雅。

請中島小姐設定聲線後，接著開始錄音。

「請問一下。第〇頁的場景應該不是真的如臺詞所說，收到丈夫喜歡的花所以很高興吧？」

「不是的。她只是基於亞納索塔瓊斯王子的要求那麼說而已。」

「嗚嗚……太過分了。」

中島小姐似乎已經知道了歐丹西雅往後的發展，為她的命運垂下了頭。

「漢娜蘿蕾是不是唸成漢娜蘿娜了？」

「第〇頁為了要讓躲在書架後面的羅潔梅茵他們也能聽見，希望能再有點刻意放大音量的感覺。」

提出一些小地方，並請中島小姐稍作修改後，錄音就結束了。

大家都辛苦了。

「這次我從編寫劇本開始，就一直很擔心會不會超過時長。」

國澤老師向錄音師與錄音師助理這麼確認道。

「應該沒問題喔！」

看來可以放心了呢。

接著我與國澤老師討論起今後的廣播劇。因為就算已經有設定了，但有些情報在小說當中尚未揭示，所以當面討論可以更清楚確認。

「結果，到底是誰送了那封信給蒂緹琳朵呢？」

雖然在第五部V的短篇與特典當中都有提及，但是看完以後，依然不會曉得是誰把信寄給了蒂緹琳朵吧。讀者想必也很好奇，但既然本傳都說了「寄件人不詳」，那麼在廣播劇裡自然也不能在信上寫出寄件人的名字。

「啊，關於這件事呢，其實寄出的信有好幾封。在第五部V的特典裡，先被斐迪南收到並攔截下來的是亞納索塔瓊斯寄的，最終蒂緹琳朵收到的是喬琪娜寄的信。」

解答了國澤老師的疑惑後，錄音工作也正式結束。

真是期待廣播劇6的成品。

※此篇配音觀摩報告刊登於二〇二一年八月十日發行的「廣播劇6」之官網，收錄時予以增刪修改。文中內容與日期皆以當時為主。

小書痴的下剋上
廣播劇第六輯
配音觀摩報告漫畫
鈴華
廣播劇來到第六輯了！
不僅有商人聖女的名場面，王族與羅潔梅茵的互動也漸漸多了起來。
這次新加入的聲優有井上喜久子小姐！
羅潔梅茵：井口裕香
斐迪南：速水奬
路茲／瑪格達莉娜：田村睦心
多莉／瑪蒂娜／歐丹西雅：中島愛
齊爾維斯特：井上和彥
卡斯泰德／伊馬內利／波尼法狄斯：森川智之
韋菲利特：寺崎裕香
夏綠蒂／錫爾布蘭德／休華茲：本渡楓
柯尼留斯／亞納索塔瓊斯：山下誠一郎
哈特姆特／雷昂齊歐：內田雄馬
達穆爾／席格斯瓦德：梅原裕一郎
漢娜蘿蕾：諸星菫
布倫希爾德／莉瑟蕾塔／懷斯：石見舞菜香
索蘭芝：宮澤清子
勞布隆托／基貝．克倫伯格：關俊彥
蒂緹琳朵／克拉麗莎：潘惠美
艾薇拉／艾格蘭緹娜：井上喜久子
其他聲優都是爲小書痴廣播劇配過音的老熟人了。
※名單省略敬稱
這次一樣爲了避免群聚，分成三天錄製。
第1天
第2天
第3天
我參加了第一天和第二天。
希望疫情快點緩和下來
拜託
跟香月老師也好久沒見面了！
那個大綱怎麼樣？
還有下一集……
然而，
有空的時候兩個人幾乎都是在聊工作（笑）。

第一天
我因爲工作的關係中途就離開了，只觀摩到六位聲優的配音。
那段日子是地獄……
速水奬先生與井上和彥先生，都只是稍做調整而已，幾乎一次就過關。
父親的感覺……
兩位在動畫第三季裡，也將以神官長與神秘的青衣神官（笑）之身分華麗登場，敬請期待！
寺崎裕香小姐所飾演的韋菲利特，從一開始壓抑的臺詞到最後有些豁然開朗爲止，完全是十足十的少年！
關俊彥先生飾演勞布隆托時，發出的怒吼充滿魄力，讓人忍不住背都挺直了。
井上喜久子小姐因爲是這次新加入的聲優，錄音之前去簡單打了聲招呼。
內田雄馬先生所飾演的哈特姆特，爲了與雷昂齊歐有明確的區分……
請他再多加一小撮哈特姆特的成分。
一小撮……？
然後是雷昂齊歐！
就算不是蒂緹琳朵，任誰聽了都會心蕩神馳！
含みのある良い声
引人遐想的美聲
跟屁蟲

井上小姐是永遠的十八歲嗎？
呃
是十七歲！
※艾格蘭緹娜真的是十七歲
擔心失禮的我實在不敢在旁邊吐槽說「喂、喂！」……!!
工作人員
居然有幸目睹這珍貴的場面，我前世一定是行善積德。
井上小姐同時飾演艾薇拉與艾格蘭緹娜。
我一直很好奇，她演繹的艾薇拉會是什麼樣子？
結果一開口就是強大又美麗的母親大人，
嗅嗅
完美!!
凜
英氣
好強。
嗅
嗅
艾薇拉除了有堅毅凜然的一面，也有活潑可愛的一面，
可能也是因爲井上小姐看過原作，所以從測試開始，她對角色的理解就非常全面。
相較之下，艾格蘭緹娜就是氣質美少女！聲色聽起來完全不一樣，太驚人了。
聲優好厲害!!

第二天
因為已經認得錄音工作室的位置，第二天我便自行前往……
嗯？
人怎麼這麼少……
早安
工作人員
是我太早來了嗎？
確認
呃啊，我搞錯錄音開始的時間了?!
あああああ
啊啊啊啊啊
提早了一小時↑
雖然工作人員還安慰我，「這麼早到也沒關係啦」，
但實在是太丟臉了……
第二天參與錄製的共有四位聲優。
只有井口小姐與梅原先生中間會短暫地一起錄音，其他聲優都是單獨錄音。
山下誠一郎先生飾演亞納索塔瓊斯與柯尼留斯，
從他的演繹可以明確感受到兩人個性的不同。
柯尼留斯有一句調侃羅潔梅茵的臺詞：「希望同樣的話妳也能對我再說一遍。」
笑咪咪
測試時語尾的感覺就像是「再說一遍♪」，
正式錄音時則請山下先生再沉穩一點。
但測試時的演繹也很可愛。
聽到賺到

井口小姐在扮演第五部的羅潔梅茵時，每一次聽都會覺得：
長大了……！
心情就像是父母一樣。
由於一開始是單獨錄音，與艾薇拉或者韋菲利特有對話的場景，
我很擔心妳……
開什麼玩笑！
爲了能夠配合對方的情緒，還播放了第一天所錄的音檔。
嗯嗯
這種情況下，井口小姐與梅原先生能夠實際一起錄音的時光十分珍貴。
讓人非常有臨場感，呈現出來的結果也非常好……！
順帶一提，梅原先生原本主要飾演的達穆爾只有一句臺詞而已。
但幸好在動畫裡有很多臺詞嘛……對吧！
潘小姐的錄音我是第一次在旁觀摩，
最有印象的就是她會一邊配音一邊比手畫腳。
蒂緹琳朵與克拉麗莎都演繹得活靈活現！
搖頭搖頭

這次的必聽重點介紹
公主殿下，危險
公主殿下，排除
秘密房間裡感人的一幕……
請和我一起前往中央！
超可愛
然後是
〝商人聖女〞
眾所喜愛的
第三天的錄音情況，還請閱讀香月老師的配音觀摩報告吧♪
廣播劇第六輯也請大家多多期待啦～！

※此篇漫畫刊登於二〇二一年八月十日發行的「廣播劇6」之官網，收錄時予以增刪修改。文中內容與日期皆以當時為主。

《小書痴的下剋上》廣播劇7 配音觀摩報告

香月美夜

二〇二一年某日，廣播劇7的配音作業啟動。

而且這次與過往的廣播劇不同，竟然有兩張CD！

一般來說，我都會先指定廣播劇裡一定要有的精采壓軸，國澤老師再挑選出必須要有的連結橋段，將這些段落順暢地銜接起來，然後完成劇本。而這次我也和以前一樣，列出了絕不可少的場景……

「廣播劇7的精采壓軸，當然就是斐迪南的營救與蘭翠奈維之戰吧。以這兩大段為主，再適當地穿插加入第五部Ⅶ的劇情。像是害得斐迪南身陷險境後，因而感到絕望的萊蒂希雅一定要收錄進來才行，羅潔梅茵長大了的這一段也不能省略吧？畢竟若沒有被授予梅斯緹歐若拉之書的這個橋段，故事就無法銜接下去……咦？一張CD收錄得了這麼多內容嗎？」

可以刪的橋段實在不多，這下沒問題嗎？這麼心想的我便提出自己的疑惑，寄了電子郵件經由責任編輯送給國澤老師。

「重新看過原作以後，確實很難不超過時長。所以，我提議了這次的廣播劇乾脆出兩張CD。」

抱持著「既然刪不掉，那增加CD的張數不就好了嗎？」的想法，很快就敲定了這次的廣播劇要出兩張CD。然而，執行起來的辛苦程度也多了兩倍。不僅要檢查的劇本量理所當然地變成兩倍，配音時間也加倍！我收到劇本後還沒辦法一次看完，中途累得氣喘吁吁。所幸努力有了成果，重要場景都完整地收錄進來。

還有一件事也與至今的廣播劇不同，那就是這次是在線上觀摩！

回想一開始錄製時還能所有人聚在一起，後來卻因為疫情的關係對人數有管制，到現在只能線上觀摩了。觀摩的時候，是在自家裡以iPad連接音訊設備聆聽。所有設定工作皆由外子幫忙準備。如果沒有外子，我大概就沒辦法參加線上的配音觀摩了吧。謝謝老公！

言歸正傳，生平第一次的線上觀摩配音。不光是我，鈴華老師也是線上參加，責任編輯與國澤老師則是在錄音工作室裡。線上遠距時，實在很難形成輕鬆談話的氛圍呢。

「這樣就不能透過工作室裡的對話與休息時間，蒐集一些有趣的小插曲了。不知道能不能蒐集到足夠的材料寫成配音觀摩報告？」

「控制室與錄音間裡的聲音都會傳過去，還請努力蒐集吧。」

儘管責任編輯這麼為我加油，但因為聲音都是透過喇叭，加上看不見臉，我常常一時間完全不曉得是哪位工作人員在說話。而且休息期間雜音太多，很難聽清楚大家的對話，也就沒有蒐集到多少有趣的材料。太可惜了。

控制室都這樣了，我本來還擔心錄音間裡聲優們的聲音能否聽得清楚。但多半因為錄音間裡還有厚重的隔音門，所以聲音聽得很清楚，配音工作也進行得很順利。

這次的錄音工作分四天進行。

第一天有井口裕香小姐、井上和彥先生、速水奬先生、三瓶由布子小姐與梅原裕一郎先生。

○井口裕香小姐（前篇）

井口裕香小姐飾演的是主角羅潔梅茵。這次因為是雙CD，臺詞量非常巨大，所以她今天只錄前篇而已，後篇是另外一天錄。

一開始先錄廣播劇名，但這裡突然出現了一個問題。

「既然這次是雙CD，唸劇名的時候要加入前篇或後篇嗎？」

音響監督的問題讓原作陣容一致「咦？」地愣住。不過，由於責任編輯與國澤老師有過製作雙CD的經驗，所以我完全交由他們判斷。

「製作其他的作品時是怎麼處理的呢？國澤老師，您還記得嗎？」

「……我不記得了呢。但既然是雙CD，加一下比較好吧？」

於是為了讓聽者能夠知道自己在聽前篇還是後篇，決定加進去。

錄製雙CD的時候，廣播劇名會加入前篇或是後篇。好，我記住了。

雖然以後還不一定會再推出雙CD。

井口小姐因為還要錄製動畫與有聲書，已經非常習慣《小書痴的下剋上》羅潔梅茵這個角色，所以只說了一、兩句臺詞確認聲線後，沒有測試直接開始錄音。有需要修改的地方也會先跳過去，之後再做修正，所以進度非常快。

「第○頁後半部比起對白，唸成旁白比較好吧？」

「第×頁是在上課，回應聲會不會太活潑了？」

「第△頁的禱詞『萬千生命的恩惠』的『生命』，請唸作『inochi』而不是『seimei』。」

這次不好發音的單字似乎是「萊蒂希雅」。除了大家都唸到舌頭打結，井口小姐也苦戰了好一會兒。後面的「希雅」似乎很難發音，我還聽到她在這麼練習：「希雅、希雅、希雅、希雅……萊蒂希雅。好！」

這次廣播劇7的錄製，對井口小姐來說最困難的就是要如何用聲音來表現羅潔梅茵長大了。這部分則是按著原來步驟，先測試過後再設定聲線。首先請井口小姐演繹長大後的羅潔梅茵。

「嗯……聲音的年齡感是提高了，但這樣聽起來沒什麼變化呢。是不是該有更明顯的變化呢？那又該有怎樣的變化才行？溫馴乖巧的感覺嗎？」

聽國澤老師這麼說，我也「嗯～」地陷入沉思。

「雖然需要變化沒錯，但羅潔梅茵就算長大了，言行舉止還是和以前一樣，並不會變得乖巧溫馴喔。」

「變化要是太過劇烈，可能也很奇怪。」

「讓人聽不出來是同一個人也不好吧？」

音響監督有條理地統整了我們的對話後，請井口小姐再試一次。但是，感覺還是有些不太對。

「獨白時，是不是要請她演繹得別太有情緒起伏？」

「我希望比井口小姐想像中的再成熟一點。」

「我比較希望剛開口的第一句話有成熟大人的感覺，之後倒是還好……」

只有剛長大的那時候最好能呈現出比較明顯的變化，但又不希望聽起來像是另一個人。這樣說明起來實在很困難，但連我們都無法好好說明了，對於要演繹的井口小姐來說肯定更難掌握。

「在情緒比較激動的情況下如果抬高音量，聲音一定會變尖，聽起來年紀也會比較小。」

「但這也是沒辦法的事情吧。畢竟她依然是羅潔梅茵，聽起來就應該是這樣。」

最終我們希望保持在還是同一個角色的情況下，但又能讓聽者聽出明顯的變化。儘管是這麼難搞的要求，井口小姐仍是做到了。實在非常感謝。

○井上和彥先生

井上和彥先生飾演的是齊爾維斯特。

井口小姐單獨錄音的部分結束後，井上先生就在中途加進來一起錄音。前篇裡，羅潔梅茵與齊爾維斯特有一段較長的對話，所以會先錄完兩人有對話的部分，井上先生再緊接著錄到最後。

「第×頁的『掉包』重複了兩次，要不要刪掉其中一個？」

「第○頁請把『並未』改成『並沒有』。」

「第△頁空魔石的『空』是唸作『kara』而不是『sora』。」

「第○頁『線索』的咬字請再清晰一些。」

渾身散發出領主風範的齊爾維斯特真是太帥氣了。聲音整體的感覺還與動畫裡的配音有些不太一樣，讓人覺得齊爾維斯特也成長了呢。

一直錄到廣播劇前篇的結尾後，飾演羅潔梅茵的井口小姐便先行離開。井上先生則是留下來，前篇後篇都包括在內，開始錄齊爾維斯特的臺詞。

這部分很快就結束了。

不愧是資深聲優，速度真快。

齊爾維斯特的配音結束後，接著請井上先生幫忙錄路人的臺詞。沒想到這些路人角色也不容易。

「……這句話聽起來是不是太像齊爾維斯特了？」

「嗯……而且出場時間跟齊爾維斯特有些太過接近，還是拜託其他人吧。」

聽著音響監督他們的對話，我只是心想：「喔～這樣啊。」因為聲優如果只是稍微改變聲線，我根本聽不出差異，所以配音期間我一點也不相信自己的耳朵。

那麼這樣的我為何還要參與配音呢？就是為了回答音響監督他們以下這些問題。

「這個角色大約幾歲？」

「參加貴族院奉獻儀式的都是學生，所以聲音要年輕一點。」

「咦？要年輕一點嗎？」

「老師，這個亞倫斯伯罕的貴族大約幾歲？」

「年紀應該滿大的。要假定有個成年前後的女兒也沒問題。就假定是三十幾到四十歲左右吧。」

「這個場面總共有多少騎士？」

「雖然還有一些不相干的人，但光是戴肯弗爾格的騎士就有大約一百人。再加上羅潔梅茵的護衛騎士與亞倫斯伯罕的騎士，所以光是這個場面，應該大約就有一百五十名騎士吧。蘭翠奈維之戰的路人與背景人聲，希望都是年輕一點的。」

沒錯，背景人聲的錄製並不簡單。因為貴族院的奉獻儀式與戰鬥場景的人數都非常眾多。

「這些場面都有很多人嗎……」

「可能得多請一些聲優幫忙錄背景人聲才行呢。」

真是對不起。因為接下來的戰鬥場面，背景當中一定都會有很多的人。往後的廣播劇大概也得費心錄製背景人聲，但還請各位多多幫忙了。

最後井上先生照著指示，順利地為亞倫斯伯罕的貴族與蘭翠奈維的士兵等路人角色配了音，然後穩重地說聲「辛苦了」便離開。

○速水獎先生（前篇）

速水獎先生飾演斐迪南。

由於後篇要與井口小姐一起錄音，這天速水先生也只錄前篇的部分而已。

已經參與多次的聲優們，都是跳過測試直接錄音。唸了一、兩句臺詞確認沒問題後，便接著往下錄。

速水先生也在唸到萊蒂希雅這個名字時卡關。

「萊蒂提雅？希雅？接近席雅嗎？」

「啊，照剛才那樣再輕一點。」

「萊蒂希雅。」

「對，沒錯！」

速水先生與音響監督的互動令人不覺莞爾。

在斐迪南瀕死的場景中，速水先生咳起來的樣子彷彿是真的快要死掉，一開始的猛咳聲一點也不像在演戲，我還忍不住擔心地問道：「咦？沒事吧？需要喝水嗎？」只能說幸好配音的時候我這邊設成靜音。事後回想起來，我要是人在工作室裡說出這些話，肯定會被鈴華老師當成有趣的插曲畫下來。

○三瓶由布子小姐

飾演喬琪娜的三瓶由布子小姐比表定時間要早抵達錄音工作室。

「她已經來了嗎？提早太多了吧？」音響監督等人都這麼訝叫的時候，排程人員則提議道：

「既然有多的時間，那可以順便錄動畫的配音嗎？吉魯只有四句臺詞而已，我希望可以先錄好。」

「好，沒問題。」

由於動畫與廣播劇的聲優及工作人員陣容都一樣，才能如此靈活變通。「還可以臨時這樣變更啊？」正當我在驚訝的時候，音響監督與其他工作人員已經開始為動畫版的錄音做準備。太優秀了。

「看來還有時間。那就不等梅原先生，接著也開始錄廣播劇吧。反正喬琪娜只有兩句臺詞。」

「比剛才的吉魯還少呢。」

錄完吉魯的臺詞後，接著開始錄喬琪娜的臺詞。先聽之前的喬琪娜音檔，稍做調整以後開始錄音。喬琪娜的聲音聽起來就像是幕後大魔王，很順利就結束了。真的是一眨眼的工夫。

重新再看一次排程表，發現早在原本安排好的時間之前就結束了。

○梅原裕一郎先生

梅原裕一郎先生飾演的是達穆爾、席格斯瓦德與馬提亞斯。

首先從席格斯瓦德開始。

先聽過上次的音檔，接著開始錄音。剛好檔案是商人聖女的名場面，讓我禁不住有些笑了出來。感覺得出明明是第一王子，卻都被羅潔梅茵與斐迪南瞧不起呢。席格斯瓦德王子，加油。

接著是達穆爾。

這部分是動畫的配音，所以不用先聽上次的音檔，直接開始錄音。

回想起第二部的情節，就覺得達穆爾成長了許多呢。雖然臺詞並不多，卻是非常重要的存在。

再來是馬提亞斯。

馬提亞斯是先聽過之前的音檔再錄音。真要說起來，馬提亞斯也算沉默寡言的角色，所以臺詞本身並不多。

這次比較棘手的，是召喚冬天的禱詞。除了很長一段以外，所有人還得異口同聲，所以原本最好是四個人一起錄音。

「為了方便後面錄的人配合，請在一開始先喊一聲『預備』。」

梅原先生照著音響監督的指示，先喊了聲「預備」再開始。

「請問，這邊不需要用稱頌或讚美的語氣嗎？」

「請用讚美的語氣。」

馬提亞斯的配音結束後，接著也請梅原先生幫忙錄路人角色。

在錄男人2的臺詞時，梅原先生的語氣突然變得很粗暴，嚇了我一大跳。因為在《小書痴的下剋上》裡，梅原先生飾演的基本上都是性格沉穩的角色，我從不曉得原來他也能有這麼粗魯的聲線。感覺有些新鮮。

「咳嗽的時間能長一點嗎？」

「請幫忙錄兩次沒在劇本裡的哀嚎。」

就連悲鳴與呻吟也能有各種變化，真是太有趣了。

錄製的第二天有井口裕香小姐、速水奬先生、關俊彥先生與小西克幸先生。

○井口裕香小姐＆速水奬先生（後篇）

這天由飾演羅潔梅茵的井口裕香小姐，與飾演斐迪南的速水奬先生一起錄製廣播劇後篇。

故事剛開始時斐迪南尚未出場，所以都是先錄羅潔梅茵的臺詞。錄廣播劇名的時候還不忘加上「後篇」。

「第△頁的開著是唸作『開いた／hiraita』，而不是『開いた／aita』。」

「第○頁的語氣有些太強硬了，也有些太過激動。請再冷靜一點……應該說請有種冷冷的不屑一顧的感覺。」

「第×頁的『然後』可以刪掉嗎？」

隨後，速水先生在營救的場面加入。話說回來，居然可以一模一樣地呈現出斐迪南在前篇裡的瀕死狀態，真是太厲害了。就連逐漸恢復的感覺也細膩地呈現出來。

「痛苦的呼吸聲請再持續久一點。」

「第×頁的獨白講到一半，是不是該加點反應比較好？」

「第△頁斐迪南的停下來請唸『やめろ／yamero』而不是『とめろ／tomero』。」

「第○頁羅潔梅茵最後的那句臺詞請不要拉長，簡短收掉就好。」

「第×頁的『那個』可以刪掉，改成『那條項鍊』嗎？」

營救場面請一定要聽。

幸好不是分開錄音，可以一起錄音真是太好了。

接著到了蘭翠奈維之戰，兩人一來一往的對話依然持續著。

但兩位聲優果然已經駕輕就熟，比表定時間還要早錄完。

「辛苦了。」

一進入休息時間，我馬上呼喚鈴華老師。

「鈴華老師、鈴華老師，我有個問題想問妳。妳覺得伊娃和多莉誰比較好？」

「請等一下。這是在問什麼？」

「就是伊娃視角與多莉視角啊，妳比較喜歡哪一個？」

「這樣的說明我完全聽不懂。老師要寫什麼？」

……奇怪了？為什麼戒心這麼強呢？

「我現在正在擴充艾倫菲斯特保衛戰的內容喔，想問妳比較想看伊娃視角還是多莉視角的短篇？憑直覺回答就可以了……」

「這責任也太重大了吧。我怎麼可能一下子就選得出來。」

其實就算要用爬梯子遊戲來決定也無所謂，但既然在線上碰到面了，我才會一時興起想問問鈴華老師，沒想到鈴華老師卻非常認真地煩惱起來。

「其實真的兩個人都可以喔。因為我打算描寫平民避難的情況、避難時在圖書館裡的情況，還有把護身符託付給達穆爾的場景，所以不管要由誰當主角都可以。我只是想知道鈴華老師偏好哪一個。」

「嗯……如果是這些內容的話，我會想看伊娃視角。因為我很好奇她從母親、從妻子的角度來看，會注意到哪些事情。多莉可能是因為已經有很多補充短篇了，所以我大概想像得到。」

多虧鈴華老師認真地給了意見，我決定採用伊娃視角。順帶一提，事後我還向孩子報告說：「鈴華老師基於這樣的想法幫我選了伊娃喔。」沒想到孩子竟然露出了非常不安的表情。

「媽媽，妳不要老是為難鈴華老師。」

「……是。」

○關俊彥先生

關俊彥先生飾演的是尤修塔斯與海斯赫崔。

首先是尤修塔斯。

先聽過之前的音檔再開始錄音。

「第○頁挖苦的感覺太強烈，請用平常一點的語氣。」

「第×頁的『萊蒂希雅大人?!』請再喊得錯愕一點。」

雖然有幾個地方需要修改，但錄音工作進行得十分順利。

尤修塔斯因為是侍從兼文官，經常會開口說話，所以跟艾克哈特相比，臺詞量感覺多了不少呢。

接著是海斯赫崔。

他是戴肯弗爾格的騎士。

「第○頁的海斯赫崔請再多點過火的熱情。」

「過火的熱情？」

「再熱血一點，或是多點戴肯弗爾格人的激昂。」

雖然音響監督他們聽完以後都笑了，但戴肯弗爾格的人就是要有讓人受不了的熱情才行。

提出要求以後，臺詞的熱血程度馬上有所提升。

錄音期間，關先生曾經提出問題。

「不好意思。請問第☒頁臺詞裡的『少了點什麼』是指什麼意思？」

「就是指這次的敵人都不是很強的對手。因為他們明明是為了能夠大打一場才來參戰，卻沒想到敵人都這麼弱，所以請用這樣的感覺去配音。」

這次錄音對關先生來說，比較難唸的似乎是芙琉朵蕾妮。另外，因為休諾亞斯德這位神祇是第一次在廣播劇中登場，也確認過了發音。

最後是路人角色。

請關先生幫忙錄了漁夫與蘭翠奈維的士兵等路人角色。聲優的聲線真是千變萬化呢。我再一次佩服不已。

○小西克幸先生

小西克幸先生飾演的是艾爾維洛米與賽吉烏斯。他是這次新加入的聲優。無論是原本的聲音，還是艾爾維洛米與賽吉烏斯的聲音，聽起來都像是不同的人。

首先是艾爾維洛米。因為是初次登場的角色，所以要先設定聲線。也是在這時候有了以下的問答。

「艾爾維洛米是怎樣的角色？有外形可參考嗎？」

「筆電裡面有。」

責任編輯急忙去拿來筆電，展示艾爾維洛米的設定與插圖。

「香月老師，艾爾維洛米這個角色該怎麼說明才好呢？」

「嗯～就像是神一樣吧。」

「像神一樣?!是指原本是人類，但後來變成了神嗎……？」

「不是的。他原本是神祇，現在則是相當於神祇的存在，但並不是人類。」

「……不是人類。」

提供了設定以後，進行測試。

「從中間開始到最後都很不錯呢，但最一開始說話的感覺太像人類了。我希望再有點神的感覺。嗯～或許是抑揚頓挫要再調整一下？」

「太像人類……但他本來就是人類了啊（笑）。」

音響監督一邊苦笑，一邊向小西先生下達指示：「請你用中途開始的說話方式再試一次。」聞言，小西先生想了一下後提出問題。

「請問要再莊嚴一點，還是有點空靈虛幻的感覺……」

「請帶有空靈虛幻的感覺。」

調整過後，最終完成的聲線非常不錯。聲線一旦設定好了，接下來的錄音很快就結束了。

接著是賽吉烏斯。賽吉烏斯是亞倫斯伯罕的上級貴族，也是斐迪南的侍從。

「這個角色沒有人物設計圖，所以請大家自行想像。假定成是二十幾歲到快要三十歲都沒問題。」

以侍從這個職務來看，小西先生設定的聲線似乎有些冷峻，但若是調整成比較溫和又有磁性的聲線，又會太像是艾爾維洛米，再加上臺詞不算多，所以這樣子說不定反倒剛好。

最後也請小西先生幫忙錄了路人角色。也就是萊蒂希雅的護衛騎士。

這部分兩三下就結束了。

第二天的錄製工作到此結束。

第三天參與錄音的有上田耀司先生、渡邊明乃小姐與石見舞菜香小姐。

○上田耀司先生

上田耀司先生是這次新加入的聲優，負責飾演奧伯・戴肯弗爾格、休特朗與金色蘇彌魯。

首先從金色蘇彌魯開始。

「老師，您覺得怎麼樣？」

「嗯～太像機器人了呢。金色蘇彌魯和圖書館裡的兩隻蘇彌魯不一樣，講話非常流暢，所以請像普通人說話就好。」

傳達要求以後，聲線的設定很快便過關。變成了講話很流利，但情緒沒什麼起伏，感覺很平鋪直敘的聲音。

聲線設定好後，接著也沒什麼問題，錄音一下子就結束了。

接著是奧伯・戴肯弗爾格。

這個角色我從一開始就明確說出自己的要求。

「奧伯・戴肯弗爾格的聲音請粗獷一點。」

「啊，是。」

結果一次就過關。尤其後半段配得真好。給人的感覺完全就是奧伯・戴肯弗爾格。

再來是休特朗。休特朗是亞倫斯伯罕的前騎士團長，現在是斐迪南的護衛騎士。

為了避免聲音給人的感覺與奧伯・戴肯弗爾格的重複，結果明明是騎士，聲線卻相當溫文。

「第○頁一開始請再鎮定一點，然後慢慢地表現出焦急。」

「第×頁請表現出沉著匯報的感覺。」

調整了幾個地方以後，錄音很快就結束了。

最後也請上田先生錄了戴肯弗爾格的騎士與蘭翠奈維的士兵等路人角色，還拜託他用「年輕一點的聲音」。

○渡邊明乃小姐&石見舞菜香小姐

兩位聲優是一起錄音。渡邊明乃小姐飾演的是赫思爾與傅萊芮默，石見舞菜香小姐則是莉瑟蕾塔與懷斯。

首先是莉瑟蕾塔與赫思爾。先聽以前的音檔，再開始錄音。

「第○頁的最奧請唸成『saioku』。」

「第×頁請再多點訓斥的感覺。」

接著是懷斯與傅萊芮默。

「天呀！」這句臺詞簡直唯妙唯肖（笑）。

兩位聲優的功力都非常深厚，臺詞量也不多，所以很快就錄完了。

該怎麼說呢，真的每一次都讓我苦惱於沒什麼東西可寫。

甚至比表定時間要早結束。就這樣第三天的錄製結束了。

話說回來，我在寫配音觀摩報告的時候才想到，廣播劇裡莉瑟蕾塔已經成年了，不應該沿用以前的聲線，而是聲音的年紀該往上調一些才對吧？但想到的時候已經來不及了。另外像是漢娜蘿蕾與夏綠蒂，聲音的年紀或許也該往上調一些。下次還記得的話就提出來吧。

第四天，最後一天參與錄音的有內田雄馬先生、山下誠一郎先生、中島愛小姐、寺崎裕香小姐、小林裕介先生、諸星堇小姐、森川智之先生、本渡楓小姐、長繩麻理亞小姐、潘惠美小姐與岡井克升先生。

○內田雄馬先生&山下誠一郎先生

內田雄馬先生飾演的是哈特姆特、雷昂齊歐與藍斯特勞德。

山下誠一郎先生飾演的是柯尼留斯。

首先是雷昂齊歐。

哈特姆特因為在後篇裡臺詞較多，所以挪到後面再錄，先從只在前篇裡出場的雷昂齊歐開始。雷昂齊歐來自蘭翠奈維，是個挑唆蒂緹琳朵、還陷害了剛滿十歲的萊蒂希雅的壞男人。

同樣先聽過之前的音檔再開始錄音。

「嗯～語氣有些太輕浮了呢。現在對象是小孩子，不需要那種輕佻的感覺。麻煩一開始先溫柔和藹，到後面再變成夾帶著嘲諷的冰冷語氣。」

原本的說話方式太過挑逗、太過壞男人了點，所以請內田先生稍做調整。對象若換作是蒂緹琳朵，這倒沒有問題。話說居然能夠完全掌握到上次錄音的感覺，這方面的表現可說是非常完美，但面對萊蒂希雅就不太適合了（笑）。

接著是藍斯特勞德。

因為只有一句臺詞，眨眼就結束了。

再來是哈特姆特與柯尼留斯。

哈特姆特在報告羅潔梅茵失蹤的時候，那陶醉不已的口吻實在非常驚人。音響監督甚至擔心地表示：「老師，這樣真的沒問題嗎？會不會太討人厭？」

「啊，ＯＫ的。沒問題。」

「這樣竟然可以嗎？」

可以喔，哈特姆特就該這樣才對。

而錄音時，對兩人來說最困難的關卡，就是呼喚冬天的禱詞。

因為必須與飾演馬提亞斯的梅原裕一郎先生先錄好的禱詞完全一致。

「預備」之後兩人說臺詞的時機總是與梅原先生有落差，所以得調整「預備」播放的時機，或是神祇名字的發音與換氣點不太一致等等……複數的聲優要在事後才配合先錄好的音檔真是不容易。

如果可以，真希望柯尼留斯的臺詞能與艾克哈特的一起錄製。雖然以錄音的難易度來說，當然是禱詞要高上許多，所以我也認為該讓哈特姆特與柯尼留斯一起錄音，可是柯尼留斯與艾克哈特的對話太有趣了，真想實際聽到他們一來一往的對話。只好期待廣播劇的成品快點送來了。

「監督，前篇第〇頁有近侍的臺詞跟不在劇本裡的演出喔。已經明確指定有柯尼留斯與哈特姆特。」

「咦？……啊，這裡嗎？」

再看一次劇本，只見「近侍們：是！」旁邊，標注著柯尼留斯、哈特姆特與莉瑟蕾塔這三個名字。

「那個，我並沒有拿到前篇的劇本。」

山下先生一臉為難地說道。因為劇本上的角色名只寫著「近侍」，而不是「柯尼留斯」，所以沒有算在柯尼留斯的臺詞當中，也就沒有提供劇本給他吧。

「其實也不是什麼重要的臺詞，但請借他看一下吧。」

在音響監督的指示下，內田先生似乎將劇本借給了山下先生。我聽到有人說：「真像是忘了帶教科書，請同學借自己看的學生呢。」線上參加的我無法實際觀看到這麼有趣的畫面，當下只是心想下次不能再線上觀摩了。

最後也請兩位聲優幫忙錄路人角色。

包括戴肯弗爾格的騎士、蘭翠奈維的士兵、漁夫與男人１等等，到處都潛藏著兩位的聲音。有人可以全部聽出來嗎？

我的話當然不行。

〇中島愛小姐＆寺崎裕香小姐

中島愛小姐飾演的是多莉與瑪蒂娜。

寺崎裕香小姐飾演的是韋菲利特。

首先是瑪蒂娜與韋菲利特。

從貴族院的交流會開始。雖然會先聽之前的音檔再開始錄音，但我還是聽見了中島小姐表達自己的擔憂。

「明明上次只有一句臺詞而已，沒想到這個角色會說這麼多話……」

看在羅潔梅茵眼裡，瑪蒂娜幾乎是路人角色，但她因為以見習侍從的身分跟在蒂緹琳朵身邊，所以一旦蒂緹琳朵有什麼情況，臺詞就會增加……但其實這次也只有兩句臺詞而已。只不過都很長就是了。

「很像多莉，但又不是多莉～」聽到中島小姐這麼哀嘆，我彷彿可以看見她抱著頭哀嚎的樣子。

瑪蒂娜的臺詞中，最令中島小姐感到棘手的就是「供給魔力」。

「好像沒有清楚地說出來……對吧？」

「這樣不行呢。好，再來一次。」

「嗚啊，我說不出來：心裡有障礙了。啊～……」

挑戰了幾次之後終於過關。隔著螢幕的我則是努力聲援：「加油～」

雖然中島小姐在飾演瑪蒂娜時陷入苦戰，但因為臺詞本身不多，很快就結束了。

接著是飾演多莉為羅潔梅茵量身的場面。

可能是因為在為動畫配音的關係，這部分很順利就結束了。真想實際聽到羅潔梅茵與多莉的對話呢。

韋菲利特在前篇開頭的貴族院裡，還有羅潔梅茵回來後這兩個段落臺詞較多，所以中島小姐與寺崎小姐才一起錄音，但其實對話上完全沒有交集。

韋菲利特在前篇的結尾可說是獨自大放異采。個人認為是韋菲利特最佳的名場面。

「第○頁唸得太像獨白了，請再像對白一點。」

「第×頁請再多點『喂、喂』的傻眼感覺。」

「第△頁的語氣請再強硬一點。」

最終呈現出來的韋菲利特非常帥氣。

○小林裕介先生

小林裕介先生飾演的是艾克哈特。

雖然是先聽之前的音檔再開始錄音，但以前的臺詞都很短，比如「感激不盡」、「是！」等等。就連工作人員都苦笑著說：「就只有這種臺詞嗎？」

儘管如此，小林先生還是很快掌握到當時的聲線。

「第×頁的獨白請再平一點，聽起來太像對白了。」

「第○頁請把『開けた／aketa』改成『開ける／akeru』。因為還沒有打開，用過去式太奇怪了。」

「第×頁的語氣請再多點欣喜的感覺。」

「第△頁這裡懇求的語氣請重一點，再多放一點感情。因為關係到了自己唯一的主人能否得救。」

「第○頁的漢娜蘿蕾唸成漢娜蘿娜了。」

修改了幾個地方、錄完艾克哈特的臺詞後，接著也請小林先生幫忙錄路人角色。

有蘭翠奈維的士兵與背景人聲。

聽到「再覺得刺眼一點」這種指示，小林先生竟然辦到了。明明這種指示簡直莫名其妙，聲優真是了不起。

「這次是臺詞最多的一次呢。」

「因為艾克哈特上次只有一句臺詞而已嘛。啊，但在OVA外傳裡臺詞倒是不少。這次難得地很多。」

小林先生與工作人員交談的時候，聲音聽來有些開心。因為艾克哈特本來就屬於沉默寡言的角色，臺詞又老是只有「感激不盡」與「是！」而已。明明人在現場，但有時候就是可以一句臺詞都沒有。

不過，這次因為劇本收錄了一些網路連載的艾克哈特視角短篇〈羅潔梅茵不在的冬天〉，所以不僅有旁白，臺詞也比較多。

除此之外，我也想不到艾克哈特還有什麼比較惹人矚目的場面，所以說不定有這麼長臺詞的廣播劇僅只這一次。喜歡艾克哈特的粉絲千萬不要錯過。

○諸星堇小姐

諸星堇小姐飾演的是漢娜蘿蕾與萊歐諾蕾。

首先是漢娜蘿蕾。

先聽之前的音檔再開始錄音。

這次漢娜蘿蕾的臺詞比較多一點。尤其在後篇當中經常登場，所以到處都能聽見漢娜蘿蕾可愛的嗓音。

明明是英氣風發的「喝！」，但被漢娜蘿蕾一喊就是特別可愛。

錄音過程也沒什麼問題，平穩地結束了。

接著是萊歐諾蕾。

由於臺詞不多，很快就錄完了。

後篇當中，其實萊歐諾蕾一直跟在羅潔梅茵身邊，但教人意外的是臺詞並不多。多半是因為擔任護衛騎士的關係，除非情況對主人有危險或有危害，否則不會輕易開口干涉吧。萊歐諾蕾這一點或許與艾克哈特十分相像。

私下聊天的時候諸星小姐非常開朗又可愛，但只要一進入錄音間，整個人的氣質就會截然不同，變得非常嚴肅又認真。以前在現場觀摩的時候，我就注意到了她聊天時與工作時的眼神會不一樣，但這次因為是在線上觀摩，我發現聲音的變化也很顯著。

○森川智之先生

森川智之先生飾演波尼法狄斯，動畫中還負責飾演卡斯泰德。波尼法狄斯是卡斯泰德的父親。森川先生能夠精準地呈現父子間的年齡差距，技巧非常高超。

「第○頁這個場景是他第一次見到長大後的孫女，所以請再表現得高興一點。」

聽到我的要求，森川先生便演繹出興高采烈的樣子，但本人隨即擔憂地問道：「……會不會太過頭了？」不會，完全沒問題。

「不不，沒問題喔。反而更像是波尼法狄斯了。」

「第×頁他領的發音是不是和其他人的不一樣？」

「第△頁這裡的語氣請再強硬一點，或是重一點。」

波尼法狄斯是艾倫菲斯特領內最年長的領主一族，同時也是最像領主一族的領主一族。他與擁有異世界的前世記憶、因平民出身的關係而想拯救身邊所有親友的羅潔梅茵不同，也與試著接受她那異於常人想法的齊爾維斯特不同，為了領地能夠當機立斷地捨棄掉少部分人。

在故事裡的那種情況下，他能在評估過後以領主一族的身分說出斐迪南不應該救，其實也是一個不可多得的存在。因為他代表的正是大多數的貴族，所以我希望這個場景的臺詞能夠說來極具重量。

而森川先生不愧是森川先生，成功地演繹出了說話極具分量、也極具存在感的波尼法狄斯。

最後也請森川先生幫忙錄了背景人聲。

這部分一下就結束了。

○本渡楓小姐&長繩麻理亞小姐

本渡楓小姐飾演的是夏綠蒂、休華茲與安潔莉卡。新加入的長繩麻理亞小姐飾演的是萊蒂希雅與谷麗媞亞。

兩人因為沒有對話，比較偏向各錄各的。

首先是休華茲。

先聽之前的音檔再開始錄音。

在圖書館迎接羅潔梅茵，再帶著她去找爺爺大人的休華茲果然非常可愛。

接著是夏綠蒂。

同樣先聽之前的音檔再開始錄音。

迎接長大後歸來的姊姊大人時，夏綠蒂的聲音也非常可愛。下次再錄廣播劇，或許夏綠蒂聲音的年紀也可以調高一些。

這部分本渡小姐沒有什麼問題就錄完了。

再來是安潔莉卡與萊蒂希雅。

安潔莉卡的臺詞因為先聽過之前的音檔，很順利就錄完了。本來安潔莉卡在前篇裡的臺詞就不多，所以沒花多少時間。在錄後篇之前則是先待命。

接著是設定萊蒂希雅的聲線。長繩小姐的聲音本就稚氣又可愛，所以我原以為能夠順利地呈現出可愛的萊蒂希雅。

「老師覺得如何？」

「聲線是沒問題，但講話方式太年幼了呢。有種咬字不清的感覺……」

「那請她再調高聲音的年紀。」

聽完測試時的聲線後，音響監督便指示長繩小姐進行調整。但聲音的年紀雖然調高了，卻沒有提到我希望能修改的說話方式……

「這次如何？」

「稚嫩的聲線聽來很不錯，但我還是希望像一般人一樣說話。」

音響監督他們似乎也無法理解我的要求是指哪方面，因此我很苦惱該怎麼說明。

「呃……因為現在的說話方式，會讓人覺得萊蒂希雅很年幼又很愛撒嬌吧。可是動畫裡的芙麗妲與多莉也都七歲左右，但講話並不會咬字含糊不清喔？更何況萊蒂希雅還比她們大了兩、三歲，聽起來卻一點也不像是冬天就要進入貴族院的貴族女性。」

保持年幼聲線的同時，也要和一般人一樣說話。最終照著我的要求，設定好了萊蒂希雅的聲線。

「第×頁這裡是萊蒂希雅而不是羅潔梅茵的臺詞，所以比起『中計』，還請幫忙改成『被陷害』。」

「旁白的語氣突然變得太過陰沉，請如常一點。」

一邊測試一邊提出該修正的地方後，到了旁白這裡，音響監督下達了這樣的指示。因為在萊蒂希雅的對白之後，聲音突然變得很像在朗讀教科書。儘管請長繩小姐調整了幾次，卻還是不太到位。好像是沒能讓長繩小姐理解該往哪個方向修改。

「聲音比起旁白，聽起來更像是在朗讀吧？」

「而且不像是萊蒂希雅在唸旁白，而是突然切換成了第三者。可能她意識到的是朗讀這件事，而不是角色本身？請她旁白的部分也用萊蒂希雅的聲音來唸吧。」

經過一番討論後，音響監督再這麼下達指示：「請用角色的聲音唸旁白。」長繩小姐這才以明朗的聲音回答：「啊，原來是這樣啊。」

清楚了解我們想要的效果後，長繩小姐立刻變回萊蒂希雅的聲線，一次就過關了。我常常深刻地體會到，要說明得讓對方可以理解，其實也是件不容易的事情。

萊蒂希雅的場景錄完後，接著是要設定谷麗媞亞的聲線。

「我想請她用剛才唸旁白的那個聲線。」

我提出請求後，音響監督擔心地表示：「不會太陰沉嗎？」但谷麗媞亞本來就不是開朗的角色，所以沒問題。谷麗媞亞的聲線很快就設定完成。

「第○頁有些太畏縮了，稍微表達出困惑就好。」

由於臺詞不多，很快就錄完了。

接著再次輪到安潔莉卡出場。

「這邊請加進安潔莉卡的戰鬥聲或吆喝聲，像是『喝啊！』之類的。」

「第○頁的臺詞請表現出隔了點距離的感覺。就是騎獸與騎獸間的距離……」

「第×頁的『我看很有用啊？』請再多點得意洋洋的感覺。」

敬請期待安潔莉卡帥氣的戰鬥場面。

○潘惠美小姐

潘惠美小姐飾演的是蒂緹琳朵與克拉麗莎。

首先是蒂緹琳朵。

先聽之前的音檔，再看著劇本確認片假名的發音。

「請把第×頁的『領主候補生』改成『領主一族』。」

「第○頁不是艾倫『斯』菲斯特，是艾倫菲斯特。」

蒂緹琳朵絲毫不覺得自己在做壞事，只是為達目的，可以毫不猶豫並且視作理所當然地對斐迪南下毒。潘小姐出色地演繹出了生來就適合作惡的角色。

接著是克拉麗莎。

同樣先聽之前的音檔再開始錄音。與蒂緹琳朵截然不同，克拉麗莎是個朝氣蓬勃的角色。明明角色的年紀相仿，卻精湛地演出了差異。

還有一幕場景是克拉麗莎與哈特姆特要異口同聲地說：「包在我們身上！」

「我先播放哈特姆特這句話的音檔，請妳配合他的聲音。」

聽完哈特姆特的音檔後，潘小姐提出問題。

「請問這句臺詞要全面地表現出對羅潔梅茵大人的崇拜嗎？」

「沒錯，就是要那種感覺。最好再有點與哈特姆特較量的意味。」

「我明白了。」

最終呈現出來的結果就是克拉麗莎本人。

○岡井克升先生

岡井克升先生飾演勞倫斯。在廣播劇4裡他曾經飾演薩姆，而在動畫《小書痴的下剋上》裡也經常出演一些路人角色。

勞倫斯這個角色從設定聲線開始，一下子就完成了。因為從一開始便與我想像的差不多，所以沒有再多做調整。

「勞倫斯的臺詞不多吧？」

「雖然不多，但都很長喔。還包括難唸的禱詞。」

「那個很長的禱詞嗎？那得請他多多配合了……」

工作人員的對話傳入耳中。確實勞倫斯的臺詞不多，但都很長，而且要配合別人已經錄好的臺詞也不容易。

原本大家都很擔心禱詞能否完美一致，但岡井先生集中精神錄了開頭以後，接下來就還算順利地成功了。

勞倫斯的部分錄完後，也請他幫忙錄路人角色。包括背景人聲1、男人1與蘭翠奈維的士兵等等，岡井先生可以說是無所不在。

當中我個人最驚訝的就是沃爾赫尼。

他發出的沃爾赫尼嗥叫聲真的很逼真！太厲害了！

「低吼聲能再長一點嗎？」

「請演出撲上去的感覺。」

以前錄廣播劇3的時候，聽到有聲優要演出軻拿斯巴法隆，我本來還非常期待，結果最後卻決定使用效果音效。沒能實際聽到咆哮聲，我可是非常遺憾。這次廣播劇裡的沃爾赫尼並沒有使用效果音效，而是由岡井先生演出。能親耳聽到真是太好了。

就這樣，長達四天的配音工作總算結束。由於聲優們都是分開錄音，配音期間完全無法想像所有聲音合在一起時會是什麼樣子。真期待廣播劇的完成呢。

※此篇配音觀摩報告刊登於二〇二二年四月九日發行的「廣播劇7」之官網，收錄時予以增刪修改。文中內容與日期皆以當時為主。

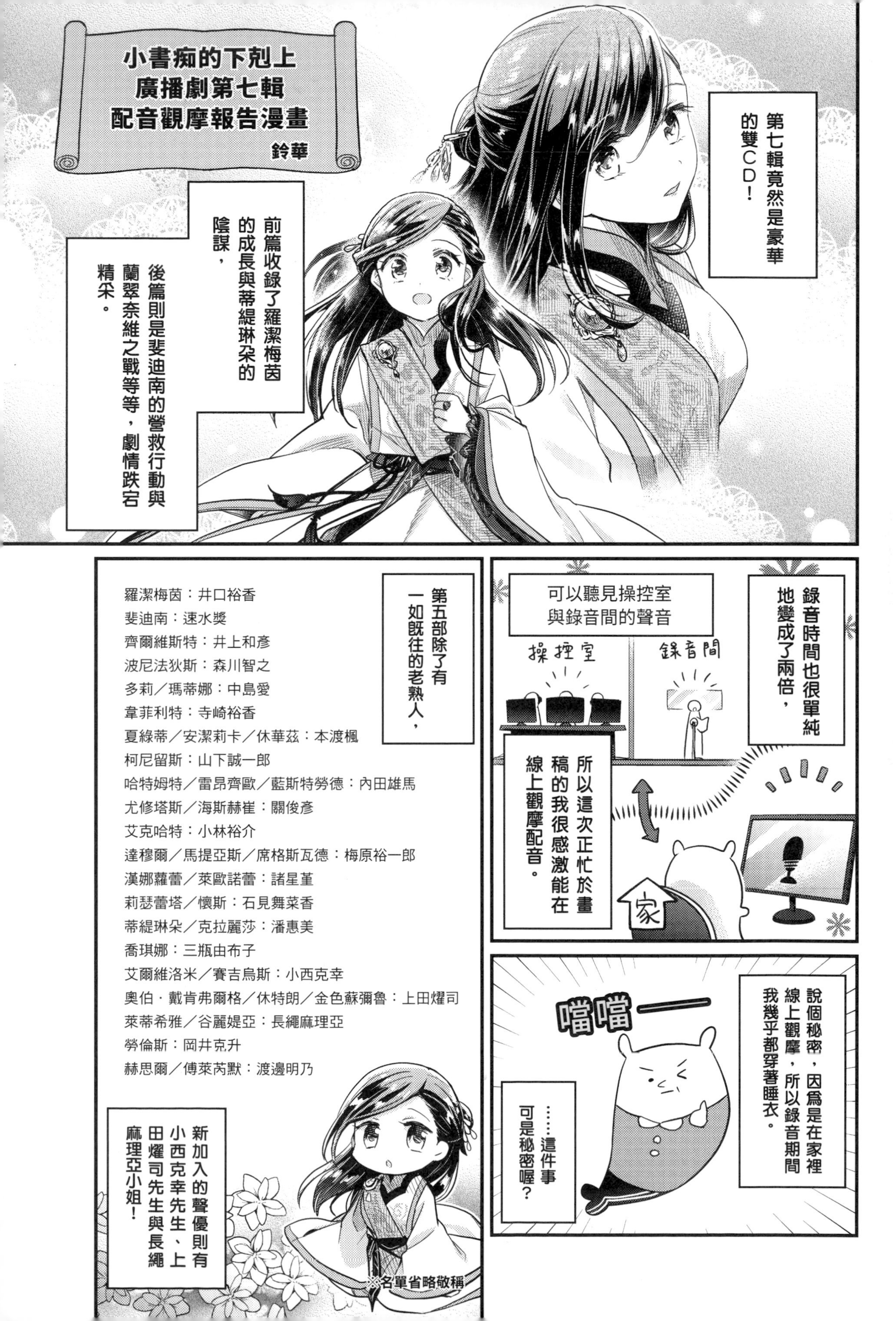
小書痴的下剋上
廣播劇第七輯
配音觀摩報告漫畫
鈴華
第七輯竟然是豪華的雙CD！
前篇收錄了羅潔梅茵的成長與蒂緹琳朵的陰謀，
後篇則是斐迪南的營救行動與蘭翠奈維之戰等等，劇情跌宕精采。
錄音時間也很單純地變成了兩倍，
可以聽見操控室與錄音間的聲音
操控室
錄音間
所以這次正忙於畫稿的我很感激能在線上觀摩配音。
家
第五部除了有一如既往的老熟人，
羅潔梅茵：井口裕香
斐迪南：速水奬
齊爾維斯特：井上和彥
波尼法狄斯：森川智之
多莉／瑪蒂娜：中島愛
韋菲利特：寺崎裕香
夏綠蒂／安潔莉卡／休華茲：本渡楓
柯尼留斯：山下誠一郎
哈特姆特／雷昂齊歐／藍斯特勞德：內田雄馬
尤修塔斯／海斯赫崔：關俊彥
艾克哈特：小林裕介
達穆爾／馬提亞斯／席格斯瓦德：梅原裕一郎
漢娜蘿蕾／萊歐諾蕾：諸星菫
莉瑟蕾塔／懷斯：石見舞菜香
蒂緹琳朵／克拉麗莎：潘惠美
喬琪娜：三瓶由布子
艾爾維洛米／賽吉烏斯：小西克幸
奧伯・戴肯弗爾格／休特朗／金色蘇彌魯：上田燿司
萊蒂希雅／谷麗媞亞：長繩麻理亞
勞倫斯：岡井克升
赫思爾／傅萊芮默：渡邊明乃
新加入的聲優則有小西克幸先生、上田燿司先生與長繩麻理亞小姐！
※名單省略敬稱
說個秘密，因爲是在家裡線上觀摩，所以錄音期間我幾乎都穿著睡衣。
噹噹——
……這件事可是秘密喔？

變成雙CD以後，身爲主角的兩人臺詞量也大幅增加。
總計200句
計200ワード
總計350句
計350ワード
而且無法一天就錄完，還分成了好幾天進行錄製。
國澤老師也辛苦了……
另外還得為動畫配音，真是太辛苦啦～
拌嘴也已經成了家常便飯，
所以錄音工作非常順利。
複製貼貼
!?
妳方才到底做了什麼?!
好遊刃有餘。
梅斯緹歐若拉之書的段落
音
這邊的場景請持續久一點。
聲音到最後會沒出
是～
ひっきゃあああ
呀啊啊啊啊啊啊
突然長大的羅潔梅茵
痛苦的ASMR?
ウッ
嗚！
ゴホッ
咳咳
ゴホ
ゲホ
咳咳
咳咳
中了毒的斐迪南
只是在旁邊聽就覺得好難過。

已經參與過廣播劇的聲優們，
都會先聽之前的音檔再開始錄音。
這蠢貨！
艾克哈特因爲平常不太表露情緒，所以外表與內心想法所形成的劇烈反差實在是太精采了。
小林裕介先生
有沒被算到的臨時要插臺詞
我沒有拿到前篇的劇本……
音
那請旁邊的人借你看一下。
旁邊的人借他看一下教科書——這根本是經典常見的橋段！
內田雄馬先生＆山下誠一郎先生
打招呼時開朗活潑！
錄音時卻以赫思爾角色發出了讓人讚嘆的低沉美聲。
渡邊明乃小姐
先播放上次錄的傳萊芮默音檔時，工作室裡所有人都笑了。
天呀！
小西克幸先生經常向音響監督尋求建議，
正式錄音時卻能精準地掌握到各角色的特點，讓我留下了他非常專業老練的印象。
我該抱著怎樣的想像配音呢？
音
神。
咦咦？
上田燿司先生主要飾演的是奧伯・戴肯弗爾格，
但金色蘇彌魯的聲音也讓人聽過一次就忘不了，聲色非常特別，敬請期待！
休息時間
鈴華老師、鈴華老師。
妳覺得伊娃和多莉誰比較好？
!?
這是什麼極致二選一?!
指小說下一集的全新短篇
※イメージ
※想像示意圖
其實兩個視角我都想看，但基於種種原因，我會選伊娃吧……？
多莉，對不起……
多莉派的讀者不會來暗殺我吧……

這次的必聽重點介紹
萊蒂希雅的悲鳴……
——以及精采的營救戲碼！
蒂緹琳朵的惡意……!!
不管前篇還是後篇都充滿了緊張刺激的精采內容，
所以敬請大家期待第七輯♪
瓦須恩！
動畫也請大家多多愛護支持！

※此篇漫畫刊登於二〇二二年四月九日發行的「廣播劇7」之官網，收錄時予以增刪修改。文中內容與日期皆以當時為主。

角色設定資料集

第五部　女神的化身VII

艾爾維洛米

創始之庭裡會從白木化作人形的前神祇。在椎名老師的提議下，頭上纏繞著可以聯想到「樹木」的裝飾。頭髮、肌膚與服裝全是雪白色的。請參考原著小說「5-10」的封面。

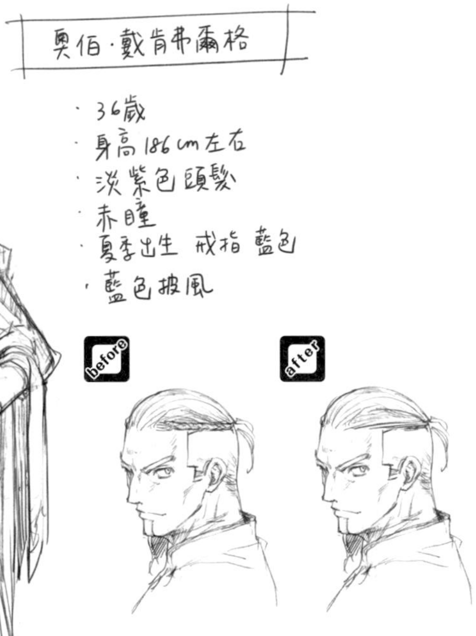

奧伯・戴肯弗爾格

想像了藍斯特勞德年紀大一點後的樣子。刪除了最初設計當中的辮子，服裝也從簡易鎧甲更改為貴族服。外形給人的感覺就是孔武有力的騎士。

羅潔梅茵（長大後）

在培育之神安瓦庫斯的力量下急速成長的羅潔梅茵。身高從原本的140公分左右長高到了160公分左右，差不多是貴族院同年級生的平均身高。正如同原著小說「5-7」的短篇〈羅潔梅茵的失蹤與歸來〉裡，席格斯瓦德在見到她時心中所發出的感嘆，有著成年前少女特有的純淨無瑕，給人的感覺也變成熟了。

傑瓦吉歐

香月老師說過：「傑瓦吉歐的外表就是老一點的斐迪南。」畫出這個特徵以後，從外表就能看出兩人的血緣關係。髮型則與雷昂齊歐是一樣的風格，藉以表現出蘭翠奈維特有的穿著打扮。

薇羅妮卡

刪掉了最初設計當中頭部兩側的圓髻，讓原本整體偏柔和的氛圍變得冷硬。雖然從外形可以聯想到蒂緹琳朵與喬琪娜，但五官並不具有女王的威嚴，而是刻意地突顯出其神經兮兮的一面。

貴族院全景
（各舍與離宮）

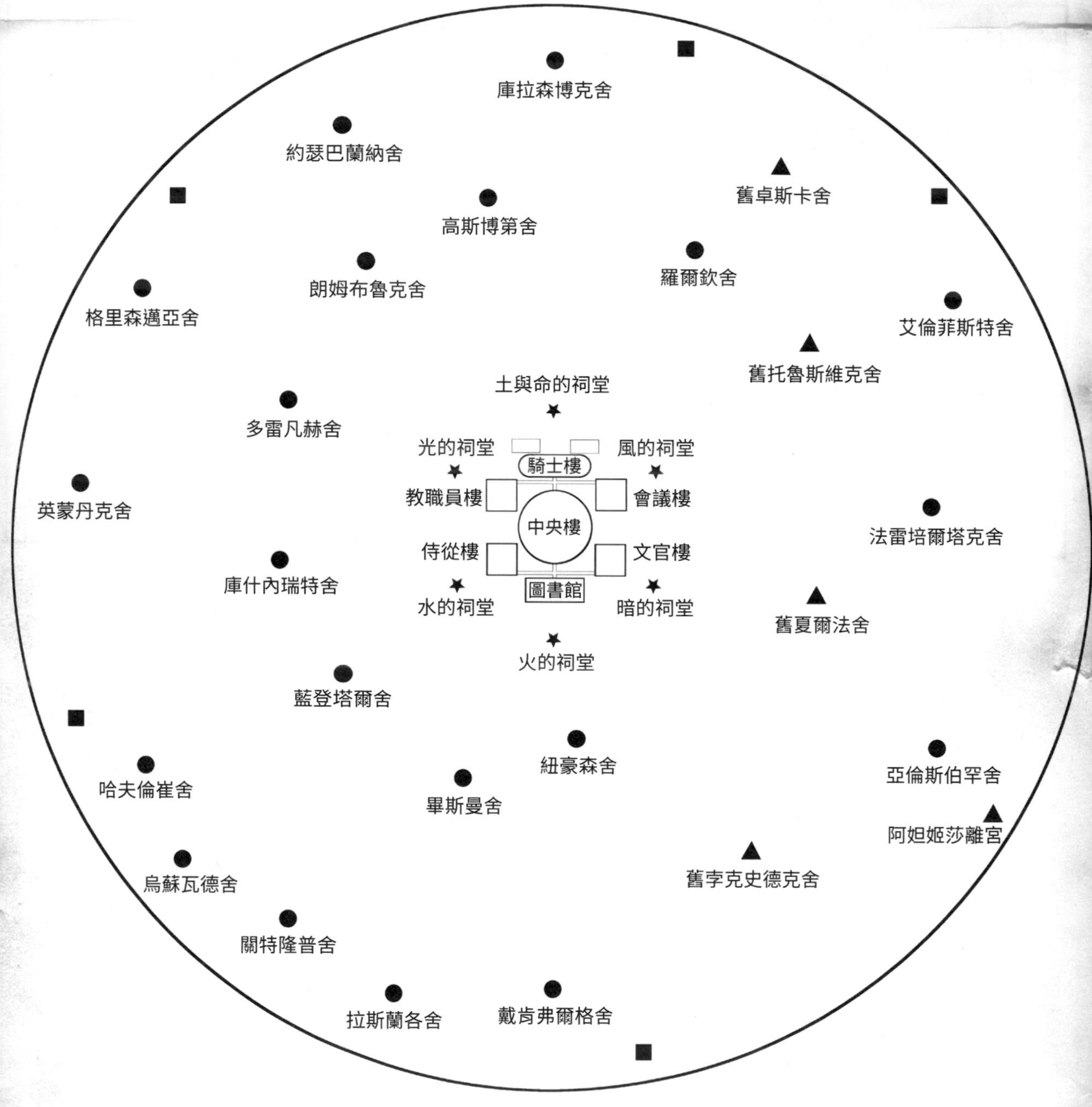

★ 得進行祠堂巡禮的大神祠堂

● 正在使用中的各領宿舍

▲ 政變後被關閉的宿舍與離宮。有鑰匙就能打開。

■ 搬到王宮居住時，被君騰・芮荷希特拉所關閉的離宮。
沒有古得里斯海得，只有鑰匙也無法打開。

唔唔～
唔唔～
接到通知說傅萊芮默昏倒了，我因此被臨時叫來。
我調合到一半只能中斷，結果失敗了。
所以請讓我好好看看羅潔梅茵大人的騎獸是什麼樣子吧。
ニコォ
微笑～
是……是。
足以讓見到的人昏倒的危險騎獸，
究竟會是……
パァ
砰……
～FANBOOK 7 全新短篇～
番外篇
危險的騎獸？
漫畫：勝木 光

……這是什麼？
騎獸啊？
窟倫嗎……？
但這也太……
もちっ
圓潤
窟倫在羅潔梅茵大人眼裡是這副模樣嗎？
我從沒見過窟倫。
但這個很可愛吧？
盯
可愛……？
這個……難道是以馬車為原型想出來的？
……差不多吧。
其實是車子……

那妳的騎獸能飛嗎？
飛起
什麼……！
這就是斐迪南大人在信裡說過的，
羅潔梅茵大人的想法總是出人意表吧。
奇妙的外形、跳脫常識的思維，
降下
這對腦筋死板的傳萊芮默來說，刺激太過強烈了吧。
啊！

如果這是馬車的話，可以載人或是貨物嗎？
是的。變大之後就可以。
這真是太棒了！
這樣蒐集起原料不知道會輕鬆多少。
那請變大給我看……
啊……
噹啷
カラーンッ
カラーンッ
カラーンッ
噹啷—
噹啷—
沮喪
ガクッ
……請下次再變給我看吧。
我知道了。
雖然因爲實驗失敗，害得原料都白費了。
但也因此看到了有趣的東西。
噹啷—
完

香月美夜老師Q＆A

二〇二二年四月二十八日至五月八日這段期間，在「成為小說家吧」網站的活動報告上向讀者募集過提問，在此奉上回答。

香月美夜

Q 所謂神的加護，看在諸神眼裡是怎樣的現象呢？是像故鄉稅或股票一樣，是對於收到的魔力所給予的回禮或股利嗎？還是像網路上的連載文章或ＩＧ一樣，類似於對收到的魔力按讚或是加到最愛，表達對奉獻者的支持？

A 這種想法或者該說聯想還真好玩，太有趣了。基本上就像回禮或股利吧。視對方奉獻的魔力量，給予對應的加護。只不過當收到的魔力量明顯多出他人許多，又或者是在完全沒人奉獻的情況下突然收到大量魔力，神就會將那個人加到最愛。

Q 已知拜修馬哈特是求子之神，那無論男女都能取得祂的加護嗎？另外恩多林圖葛是生育女神，男性也能取得祂的加護嗎？

A 兩位神祇無論男女都能取得加護。因為既有女性會為了想要孩子而向拜修馬哈特祈禱，也有男性因為母親或姊姊即將生產，為她們拚命祈禱後取得了恩多林圖葛的加護。畢竟祈禱本就不是為了自己，而是為他人所做的舉動，因此男性在取得恩多林圖葛的加護後，若在妻子或女兒將要生產時為她們祈禱，會比較容易得到祝福。

Q 之前說過，月亮的陰晴圓缺會因為諸神的力量而異，那星星的運行也會因為索提爾拉德的力量而有變化嗎？會的話，平民乘船時是以什麼為指標在夜裡航行？

A 星星有移動速度很快的小流星，也有完全不動的大星星，所以應該是以大顆星星為指標。

Q 當初稱呼艾爾維洛米大人為爺爺大人的人是誰呢？既然休華茲與懷斯會這麼叫他，代表很可能是製作他們的王族，那也就是說，從前君騰候補與神祇的關係曾經相當親近嗎？

A 這麼稱呼的人是芮荷希特拉。從前的君騰候補們為了取得古得里斯海得，會頻頻造訪創始之庭，有事也會找艾爾維洛米或是諸神商量。與現在相比，關係確實親近許多，也對神抱有敬意。

Q 蓋朵莉希愛自己的女兒梅斯緹歐若拉嗎？之前說過，蓋朵莉希為了保護梅斯緹歐若拉，將她託付給了舒翠莉婭，那與她分開時是否淚流不止呢？其實蓋朵莉希也想把她留在身邊養大，一家三口一起生活嗎？

A 就是因為愛自己的女兒才想保護她，不然就會任埃維里貝為所欲為了吧。在父母與兄姊諸神的幫助下，蓋朵莉希從春天到秋天都能與梅斯緹歐若拉一起生活，所以並不至於到分隔兩地永不相見的地步。另外就算蓋朵莉希想要一家三口一起生活，埃維里貝與梅斯緹歐若拉也絕不可能同意，所以不可能實現吧。

Q 像蘭翠奈維這樣，待在尤根施密特外的魔力擁有者不會被埃維里貝發現嗎？被發現的下場是什麼？

A 一旦被發現，魔力會被奪走而身亡吧。國境門就是因此而存在，艾爾維洛米一直在設法保護魔力持有者。只不過蘭翠奈維是例外。因為有杜爾昆哈德建造的白色建築（這種建築物的用處本就是艾爾維洛米為了藏起魔力擁有者，不被埃維里貝找到），許多魔力擁有者都在裡頭生活。

Q 諸神似乎是經由魔力辨別個人，那祂們是在什麼時候將先天擁有的魔力與人類（父母之類）所取的個人名字連結起來？如果是在洗禮儀式（登記名牌）這時候，那就無法解釋為何諸神是稱呼斐迪南為庫因特……難道斐迪南也和羅潔梅茵一樣改了年紀？還是說他受洗前，就在阿妲姬莎離宮裡進行了相當於名牌登記的操作？

A 諸神是在最初登記名牌的時候辨別到個體。而在阿妲姬莎離宮，孩子一出生就會進行名牌登記。由於不透過神殿，而是由君騰親自登記，因此名牌的保管地點與用途都有別於一般貴族。這是為了記住人數與每個人要變成魔石的時期，也為了讓君騰可以辨別阿妲姬莎出身的旁系王族。不光斐迪南，傑瓦吉歐與女孩們也進行了同樣的登記。

Q 關於神的加護。羅潔梅茵與斐迪南都在舉行加護儀式後打開了最奧之間，那麼加護儀式上，每位神祇都是將兩人視作不同的個體給予加護嗎？

A 艾爾維洛米只能透過魔力進行辨別，但其他神祇雙眼皆可視物，所以不會認為斐迪南與羅潔梅茵是同一個人。頂多覺得魔力真是相似到讓人容易混淆。

Q 各領的神殿裡只有大神的神具，那眷屬神的神具存放於尤根施密特的何處呢？

A 在貴族院的祠堂裡。除此之外雖有參考神話的畫像與雕刻，但並沒有像神殿的神具那樣，只要奉獻魔力便能使用的這種形態。

Q 以課程來區分的話，請問貴族院的教師各占幾成？另外想問貴族院的講師有幾成是已婚人士？

A 依在哪個時代而定。像政變前與政變後就有很大的不同。在第五部這時候，騎士、文官與侍從課程的教師比例大約是三：四：三。文官課程有不少科目都是小班教學，所以老師的人數最多。這也是因為針對專業進行了相當精細的分工。而領主候補生課程的講師都是旁系王族或者嫁予王族的領主一族。由於是由未被正式歸為教師的王族擔任，因此沒有計算在內。已婚人士約是六成。

Q 第五部Ⅳ〈加護的再取得〉中，安潔莉卡曾借助斯汀略克的力量。既然如此，那如果考試另當別論，唸出寫在木板或紙張上的神祇名字也是可以的嗎？

A 其實在貴族院，就算作弊還是能舉行儀式。但想要取得加護就是得日常向神祈禱，若連神的名字也沒記住，祈禱根本不可能傳入神的耳中。

Q 發現藉由祈禱可以取得更多加護後，他領有什麼改變嗎？比如在夏綠蒂這一屆，得到眷屬神加護的學生是否比往年要多？

A 其實還沒經過多少時間，所以人數雖不多，但認真祈禱的人確實取得了更多加護。在夏綠蒂這一屆，也有學生取得了複數眷屬神的加護。

Q 書裡說過羅潔梅茵失蹤時，韋菲利特與夏綠蒂曾向圖書館提供過注滿魔力的魔石，請問這是誰提議的呢？又是誰提供的魔力？

A 並非有人提議，而是因為漢娜蘿蕾在茶會上這麼表示過：「現在歐丹西雅老師與羅潔梅茵大人都臥病在床了好一段時間，就算有我提供協助，但說不定圖書館還是很缺乏魔力呢。」兩人這才去找羅潔梅茵的近侍商量說：「如果可以提供有羅潔梅茵魔力的魔石，應該能夠再支撐一段時間。」然後帶去圖書館。

Q 金色蘇彌魯的篩選標準是什麼？如果會對思想設定標準，那麼在加藍索克當上君騰之前，應該很少有大規模的鬥爭發生吧？

A 就是對知識有無渴望，以及內心有無破壞的衝動吧。因為如果對知識沒有渴望，就無法抄寫梅斯緹歐若拉之書；而若有人想要破壞艾爾維洛米為了保護魔力持有者所建造的尤根施密特，亦不適合成為君騰。大規模的鬥爭雖然不多，但個人之間還是偶有武力衝突，也有一些血腥野蠻的手段。

Q 羅吉娜與葳瑪都學過美術以提升涵養，那既然貴族院內有音樂課，是否也有美術課呢？

A 侍從課程裡有，但並非共同科目。在學習如何為主人搭配服裝與首飾、如何布置房間的課堂上，也會學到美術的相關知識。

Q 見習侍從似乎在課堂外也有加分的機會，那麼見習騎士、見習文官與領主候補生在課堂外也有同樣的機會嗎？有的話是如何評分？像羅潔梅茵好像不知道見習侍從有課外評分這回事，其他領主候補生也不知情嗎？還是說不被察覺地打理好一切也是實力之一？

A 其他課程也有喔。像見習騎士是在採集場所討伐魔獸時，以及與他領共同狩獵時的表現等等；見習文官則是與他領學生交流時蒐集情報的表現，以及個人的研究成果；領主候補生則是領導能力以及與他領的關係，還有主從關係的好壞等等，都有不同的評分標準。通常近侍也不會主動說：「為了我的成績，還請您協助我。」畢竟有很多人都認為這是輕視主從關係的表現，而且這種要求也太厚臉皮了。再者詳細的評分標準也只有老師才知道。其實從無所不在的老師還有傳聞，就能猜到課堂外的表現會受到檢視。羅潔梅茵要是和宮廷禮儀課時一樣，平常除了圖書館也會仔細留意生活周遭，多半也會注意到吧。但因為她眼裡就只有圖書館，所以大概直到畢業都不會發現。

Q 因政變而變成廢領地後，落敗領地的學生在合併下成了獲勝領地的學生。但獲勝領地的宿舍大小與房間，容納得了這麼多人嗎？

A 不夠時，就會施展因特維庫侖擴大空間。對大領地來說，要管理廢領地也是非常大的負擔。

Q 根據FANBOOK 6裡的回答，羅潔梅茵在取得最高神祇之名的儀式上所引發的奇異現象，近年來就只有她這麼一個案例，那與一般情況相比，究竟是怎樣的不同？

A 一般只是取得的最高神祇之名會浮現至腦海中，儀式就結束了。除了魔法陣所需的以外，不會再被吸走更多魔力。

Q 施展因特維庫侖需要有最高神祇之名，所以領主候補生課程裡有一門課要舉行取得最高神祇之名的儀式，那領主候補生以外的學生都不會舉行這個儀式嗎？既然不知道名字就無法在祠堂取得石板，代表上級以下的貴族都不可能取得智慧之書囉？

A 沒錯。只有上領主候補生課程的學生，會舉行取得最高神祇之名的儀式。所以現階段只有領主一族才能成為君騰候補，也才能取得智慧之書。

Q 就算是下級貴族，如果能飲用回復藥水、讓魔法陣盈滿魔力，也能取得最高神祇的名字嗎？

A 不可能。以下級貴族的身分，不可能舉行取得最高神祇之名的儀式。因為這堂課只在領主候補生課程裡才有。想舉行的話，必須先讓領主收養自己，成為領主一族。

Q 在創始之庭裡，當黑暗散去以後，羅潔梅茵看見了圖書館，斐迪南則是看見了調合器具，代表創始之庭會反映出當事人重視的事物嗎？

A 更像是會反映出當事人寶貴的時光，或者最感興趣的事物吧。如果出現了虐待他人或是比迪塔（戰鬥）的畫面，就會被金色蘇彌魯排除。

Q 已知除了安潔莉卡外，也曾有貴族院的學生險些留級。原本以為貴族院算是義務教育，但其實也有不少留級的人嗎？面臨這種危機時，一般是會請老師多加通融，還是會主動退學，讓自己免於留級？

A 有的人會在冬季以外的時間補課，但幾乎不會留級。因為若想成為貴族，貴族院是非得通過不可的門檻。從前要是留級，還會被視作是「沒資格當貴族的恥辱」而遭到捨棄，但現在因為貴族人數不多，通常會多予通融。而且一旦留級就會成為領地的恥辱，畢業後的日子也會過得非常艱辛，所以大多數人都會讓自己勉強通過最終測驗，即使補課也要取得合格成績。雖然主動退學就不會留級，但也無法正式成為貴族。思達普會被封印，一輩子當老家裡的下人。

Q 尤根施密特共有九個臨海的領地，之前說過複數的領地緊鄰同一片海域時，海上也有所謂的邊界，那漁民或平民在海上的活動範圍有限制嗎？

A 有的。對於貨船與客輪等船隻，在形狀、顏色與許可證等等上都有詳細的規定。像漁船若是不小心有些越界，只要立即掉頭便不予追究，但若是繼續深入他領，騎士就會騎著騎獸趕來，有時是將船隻擊沉，或拘捕船上人員。

Q 政變期間，領地排名是由誰決定的？一般應該是由君騰做最終決定，但當時並無君騰在位。既然其餘的王子們都在極力拉攏各領，領地排名想必充滿了各方的心機角力。在這種誰也沒有決定權的情況下，排名應該無法輕易改變才對，但艾倫菲斯特的排名卻在斐迪南在學期間有所提升，表示政變期間領地的排名仍是有過變動。難道是冷靜地以合議制在決定排名嗎？

A 領地排名基本上是透過領主會議決定，並非君騰一人說了算，所以算是合議制。但也因為現場氣氛殺氣騰騰，大人們又各有盤算，所以那段時間相比起現在，更加重視貴族院的成績這種明顯無庸置疑的成果。

Q 書上曾說因為薇羅妮卡太過跋扈，與韋菲利特還有夏綠蒂同世代的學生中，能當近侍的上級貴族並不多。意思是貴族們曾節制生育，所以孩童的出生數量並不多嗎？

A 是啊。領主一族的旁系倒還好，但萊瑟岡古的貴族們都認為多生也沒有好事，只要有繼承人與可替補的孩子就足夠了。不想被薇羅妮卡盯上的想法非常強烈。而在薇羅妮卡失勢後，出生的上級貴族孩童就變多了。自第五部Ⅷ起，從在兩、三年後就要受洗的那個世代開始，艾倫菲斯特的上級貴族將慢慢增加。

Q 齊爾維斯特是第七任奧伯，而任內有嘉柏耶麗嫁來的第四任奧伯，在位期間差不多也就到七十年前。這樣推算回去，從初任到第四任奧伯總共治理了大約一百三十年，代表初任或者第三任奧伯就像前任基貝・萊瑟岡古一樣，在把位置傳給孫子之前，自己治理了將近五十年這麼長的時間嗎？（如果不只一位，第二、第三任奧伯也都治理了很長時間的話，時間就對得上）還是說，基貝・克倫伯格所說的「國境門相隔兩百年後再度開啟」，那兩百年也包含了埃澤萊赫在背叛君騰後，國境門被關閉的那段時間？

A 是因為初任與第二任奧伯治理了非常長時間。而且初任奧伯是由君騰所指派，為了治理動亂頻仍的土地，必須派出有濃厚王族血統的人，才能以王族為靠山大刀闊斧。而第二任奧伯是初任奧伯的孫子。到了這時候，領內貴族也已經過了好幾個世代，埃澤萊赫徹底成為過去的歷史。加上在初任奧伯的維持下，與王族建立起的關係發揮了很好的作用，所以這段時期領內非常平穩安定。到了第三任，與王族的關係才日漸開始淡薄。但在嘉柏耶麗硬要嫁來之前，從不曾因為他領的強行介入而需要換人繼任，所以在位期間都相當的長。

Q 克拉麗莎知道平民有石鋪。那請問戴肯弗爾格的貴族與平民是怎樣的關係呢？平民喜歡迪塔嗎？

A 也沒什麼不同，貴族與平民的關係就和多數領地一樣喔。戴肯弗爾格因為土地的魔力含量豐富，魔獸也十分強大，所以平民也必須變強才能存活下去。必然地在領內流通的魔石數量會比較多，品質也比他領的要好，所以貴族會把控魔石在平民間流通的情況。此外平民幾乎沒有機會觀看到迪塔，也因為乘坐不了騎獸不可能比，所以不存在喜歡與否。只不過，受到統治階級的貴族的影響，雖然不是比迪塔，但平民確實也常用會動到肢體的比賽來決定誰對誰錯。

Q 庫拉森博克與戴肯弗爾格似乎從建國開始就存續至今，想請問這兩個領地是否有什麼特殊之處，有別於其他已經消失的大領地？另外領內所收藏的石板與書籍數量應該相當驚人，那麼有圖書館嗎？

A 譬如戴肯弗爾格會在比迪塔前後跳舞，最主要就是因為即使形式上或多或少有所改變，但他們一直持續進行著在那塊土地上有著重要意義的儀式吧。雖然有圖書館，石板與書籍的數量也頗為驚人，但因為有些書籍已經贈予王宮圖書館，也有不少資料在領內的派系鬥爭與繼承人鬥爭中遺失了，所以並非從古至今所有資料都留存了下來。

Q 討伐蘭翠奈維的船隻時，羅潔梅茵的近侍中有人使用了埃維里貝之劍。那說不定現在戴肯弗爾格的騎士中，也有人能使用埃維里貝之劍了？

A 這倒未必。因為埃維里貝之劍相較於萊登薛夫特之槍有更多限制與條件，實用性並不高。比起埃維里貝之劍，應該會更想變出舒翠莉婭之盾，所以現在大概還沒有吧。

Q 對於戴肯弗爾格譯成現代語的史書，他領有什麼樣的感想？

A 目前販售的只有開頭而已，所以多半會覺得：「看戴肯弗爾格那麼沉迷，我才買來看看，結果只是從戴肯弗爾格的角度再重寫一遍神學教科書嘛。」而在研究歷史相關資料的老師則是捶胸頓足：「讓我看原文！太羨慕羅潔梅茵大人了！」

Q 相較於艾克哈特與尤修塔斯的處處提高警覺，格傑弗里德與萊蒂希雅的近侍們似乎危機處理能力很差。究竟是艾倫菲斯特，或者該說是薇羅妮卡與喬琪娜的做法從整個歷史來看也太過惡毒？還是因為政變結束之後，他領都放鬆下來沒有戒心？

A 兩者皆有吧。不僅是薇羅妮卡與喬琪娜的做法相當惡毒，也因為亞倫斯伯罕與王族的關係不如庫拉森博克那般緊密，所以政變期間有許多政治上的交涉，也曾往外派出騎士，只不過從不曾有敵人入侵領地。儘管也有不少人在政變結束後受到肅清波及，但是政變期間，領地從未落入貴族難以維持正常生活的悲慘境地，所以危機處理能力比較低下。

Q 現階段，亞倫斯伯罕有幾成的貴族都被哈特姆特他們洗腦了呢？應該多數都是在貴族區城堡裡工作的人吧。想問就算沒到被洗腦的地步，究竟有多少人十分樂見羅潔梅茵成為領主？或者該說有多少人能夠接受？他們又是為何能夠接受呢？尤其萊蒂希雅派的人心情應該很複雜吧。

A 在城堡裡工作的貴族大約有三成左右吧。萊蒂希雅因為是被自領的下任領主所害，之後被成功救出，所以比起她身邊的人，反而是那些因招來外患而遭到處分的貴族，他們身邊的人反彈更大。此外也是因為蘭翠奈維的人大開殺戒，導致萊蒂希雅派的人減少了許多。

Q 歷任的奧伯．亞倫斯伯罕隨時都能經由蘭翠奈維之館裡的轉移陣前往阿妲姬莎離宮嗎？還是說擅自前往時，會被離宮轉移廳裡的中央騎士趕回來？感覺只要跟離宮說好，想要過去會比他領還方便呢。

A 沒有離宮的許可就不能進行轉移，所以並不能想去就去。況且轉移陣通往的並不是花兒們所在的本館，而是被歸為旁系王族的公主們生活的離宮，所以只會被護衛騎士趕走。若無離宮那邊的邀請，即使有轉移陣也不能前往本館。

Q 書裡說過蘭翠奈維的三個派系懸汀思、蔻拉蓮耶與蘭柏萊亞，名字都是取自生長於尤根施密特的花朵，那蘭柏萊亞是怎樣的花呢？想知道有沒有參考來源。

A 外形跟萬壽菊還有康乃馨很像，但整體要再大一點。

Q 蘭翠奈維呈獻公主時，那原先的公主會如何處置？變成魔石？還是留下來備用？

A 在新來的公主適應之前＋懷有身孕的「花」會留到產後約莫半年，除此之外基本上是變成魔石。

Q 之前說過阿妲姬莎離宮裡的公主都是在非常艱難的情況下生產，那麼公主要是難產而亡，將來要代替她的公主（女兒）也沒能活下來，在蘭翠奈維呈獻下一位公主之前，她所在的房間等同是暫停營業嗎？

A 別館裡有著必要時可以替補的「花蕾」，會由那樣的女性成為「花」。

Q 之前說過，離宮出身的旁系王族公主若沒能在畢業之前找到結婚對象，就會被送回離宮，但她們明明是公主，也會結不了婚嗎？如果因為不想被送回離宮，本人根本不在乎魔力量而願意嫁去小領地，這樣也得不到許可嗎？

A 只有公主本人想嫁是不行的。除了對方要願意娶她，也要該領的奧伯以及君騰同意。

Q 孛克史德克的領地代表色是什麼顏色？有設定的話想要知道。

A 好像是紫紺色吧？介於黑色與紫色之間。

Q 第一部說過，平民沒有市民權就不能找工作。而卡琳是庫拉森博克商人的女兒，想當然耳在艾倫菲斯特並沒有市民權吧？那她為什麼能在普朗坦商會當都盧亞？難道是非法雇用？還是另外採取了什麼特別措施？

A 卡琳可是大商人的女兒。當初為了讓她能嫁進普朗坦商會，早就從庫拉森博克遷走市民權（登記證），父親也花了大錢，在取得谷斯塔夫的同意後才搬過來。所以那個時候她是有市民權的喔。

Q 普朗坦商會雇用卡琳一事明明發生在夏天到秋天之間，為什麼到了冬天才向羅潔梅茵報告？在那之前都沒說的原因是什麼？

A 這是班諾在深思熟慮後做出的判斷。因為這段時間有大量的他領商人來訪，他認為最好不要惹出風波；原本也打算卡琳的父親在秋天啟程回領時，讓她跟著一起回去。另外也擔心若自己的表達方式有誤，羅潔梅茵很可能在擔憂下衝動行事，導致艾倫菲斯特與庫拉森博克的關係變差。

Q 平民之間有明確的規範，比如「做了○○就是犯罪行為」嗎？殺人與竊盜應該已經構成犯罪了，但感覺這個世界的法律很寬鬆，所以很好奇有沒有明確的規範。牽涉到貴族時，應該是由貴族下達裁決，但如果雙方都是平民，是怎麼給予制裁或處罰的呢？

A 嗯……各協會有各自的規定，商業公會也有規範要遵守，但除此之外並沒有什麼所有平民皆適用的明文規定呢。比如遇到詐騙，只要當初沒有按照規定簽訂契約，根本投訴無門，一般人也只會覺得「要怪就怪你自己被騙」。偶爾被騙的人因為氣不過，會抓住對方動用私刑，甚至是痛下殺手。對此一般人也都認為「要怪就怪你騙人，遭到報復也是應該的」。所以有時視情況而定，殺人並不構成犯罪。但若是在大道上引發大規模衝突，波及到許多人或是對商人的馬車或貨車造成損失；以及經常隨地丟垃圾而且還屢勸不聽，導致平民區可能被貴族摧毀，對所有居民帶來危害，這兩種情況就會沒收其市民權並趕出城市，或是被士兵視為危險人物，遭到一頓毒打。基本上日常生活中的小衝突，都會由使用同一處水井的類似社區管委會的居民們決定如何懲處，工作上的衝突則是由職業所屬的協會出面裁決。

Q 這個世界的貴族時不時會遭到毒殺，那艾拉與雨果是否接受過這方面的培訓，當羅潔梅茵在神殿長室與在城堡時，（在平民的能力範圍內）都知道如何應對？

A 在神殿有法藍負責指導，在城堡則是有宮廷廚師負責指導。

Q 服侍基貝的貴族，其階級都比基貝要低嗎？既然中級貴族也有分偏上級到偏下級的差異，那麼門第較低的中級貴族也會去服侍子爵嗎？

A 並沒有規定非得是位階比自己低的貴族，只是自然而然就有了這種約定俗成。其他中級貴族也會去服侍身分為中級貴族的子爵。

Q 尤根施密特的貴族在沐浴時，會交由侍從清洗到何種程度？協助沐浴的應該都是同性侍從，但羅潔梅茵並非生來就是貴族，很好奇她會不會害羞。

A 會幫忙清洗全身。羅潔梅茵最羞恥的就是平民時期了。因為麗乃的記憶才剛恢復，多莉就會站在便盆旁邊為自己打氣說：「梅茵，妳做得很好喔。加油！」記憶中沒什麼互動的父親還會幫她換衣服，所以那個時期最令她侷促不安。成為貴族以後，即使有侍從在旁服侍，她也覺得比起平民時期要好得多，再者在神殿時就有戴莉雅與羅吉娜服侍過了，所以不會在成為貴族以後就突然感到害羞。畢竟一開始的體驗太過震撼。

Q 請問戰死敵方士兵的魔石是如何處置？交給遺族嗎？還是交由奧伯管理，為領地所用？或者是發動黑暗之神的魔法陣，關閉通往遙遠高處的門扉……？

A 基本是交由奧伯管理，為領地所用。

Q 因為戰爭而失去另一半，或是離過一次婚的貴族，再婚時都怎麼尋找對象的呢？會和一般的單身貴族一樣，參加星結儀式之後的聯誼活動嗎？還是與迎娶第二夫人或者第三夫人時一樣，必須個別追求並求婚？

A 都是自己尋找對象，但也會有親族、上司或朋友幫忙介紹。星結儀式後的宴會，只有首次結婚的年輕男女能夠參加。有的人還會以親族的身分陪同年輕人出席，之後再對自己看中的對象展開追求。

Q 已經結束育兒工作的女性若要就任成為奧伯，其伴侶也得是領主候補生才行嗎？

A 若要正式就任成為奧伯，非得是領主候補生才行。但既然育兒工作已經結束，一般會由已成年的孩子就任成為領主。

Q 女騎士要是身受重傷或留下傷疤，會對將來有影響嗎？像是嫁不出去，或是臉上有傷疤就無法出席社交活動之類的？感覺站在父母的立場，會希望女兒選擇騎士以外的職業吧。

A 傷口只要馬上治癒就不會留下疤痕，況且就算有些傷疤，重點還是在於門第與魔力量是否匹配，並不會因此就嫁不出去或無法出席社交活動。

Q 斐迪南在本傳裡曾經回答過，異母的異性手足可以結婚，那同母的異性手足不行嗎？想知道是否有什麼理由，比如同母手足在魔力上會有什麼不妥之類的嗎？

A 異母手足因為不住在一起，從貴族的觀點來看就是另外一家人。至於魔力上會有什麼不妥，是因為同母手足生下的孩子，魔力屬性會過於固定，即使向神祈禱，也很難憑藉自身的努力增加屬性。

Q 魔力高的人要是身上只剩少許魔力，屆時魔力低的人可以憑魔力感知感應到嗎？比如上級貴族在消耗了大量魔力以後，中級貴族是否就能感應到他？

A 不能。因為魔力感知感應的並不是對方當下的魔力量，更像是感應對方魔力器官的大小。

Q 夫妻之間都要染色，互相染上對方的魔力，那如果丈夫從第一夫人到第三夫人都迎娶了，魔力的顏色會如何變化？

A 視丈夫的行動而定，有可能會亂七八糟呢。除非是埃維里貝印記之子，要不然只要大約一個月沒有接觸，就會變回自己原有的魔力色，所以是隨著當下的情況而有細微的變化。

Q 想請問有關魔力配色的問題。所謂互相染色，是指魔力色彩的變化會清楚到人類肉眼可見嗎？（譬如有兩個人魔力相當，其中一人的魔力是黃色的，另一個人是綠色，他們互相染色後，魔力就會變成黃中帶綠的顏色，又或是綠中帶黃的顏色。）還是說視覺上是看不出來的？

A 魔力的顏色必須透過魔導具才能清晰可辨。等到魔力感知開竅以後，就能感應到周遭的人是否與自己魔力量相當，但無法看見他人的魔力色以及是否與人染色。

Q 修完領主候補生課程的人，有時會因為結婚而降為上級貴族，或是像波尼法狄斯那樣擔任某個職務，但他們從未修過騎士、文官或者侍從課程，工作起來會順利嗎？尤其是嫁給上級貴族的女性，是否除了當賢妻良母以外，就做不了其他工作？

A 如果是來自他領、嫁給上級貴族的女性領主一族，會經常受邀參加茶會，期待她提供他領的情報。與夫家領地的領主一族打好關係以後，就會被帶去一同參加領主會議。然後出席與原屬領地的聚會，幫忙協調雙方的意見，或是介紹貴族院時期的朋友。除此之外，有時還會擔任領主候補生的老師，幫忙預習奉獻舞或是禮儀課，也會擔任專屬樂師的音樂老師。

Q 之前說過，懷孕期間父親最好頻繁地向孩子灌注自己的魔力，那請問一般而言是採用怎樣的方法？需要什麼特殊的魔導具嗎？還是把手貼在肚子上，直接灌注魔力就可以了？或是像魔力染色那樣需要那方面的行為？

A 可以把手放在肚子上，或是透過牽手與親吻等動作灌注魔力。雖會使用同步藥水，但不需要有那方面的行為。

Q 之前回答過懷孕期間父母得向胎兒灌注魔力，那麼兄弟姊妹間的屬性與魔力量會有差異，是因為父母在灌注魔力時也會有比較順利和不順利的情況嗎？

A 不能用順不順利來概括，總之會有各式各樣的原因，比如灌注魔力的頻率、魔力的染色情況、熟練與否等等。還有，若是丈夫染上了第二夫人的魔力，那麼就算灌注魔力的頻率再高，胎兒也會強烈感到排斥。

Q 請問艾倫菲斯特的青衣神官在還俗前與還俗後，身分會有怎樣的變化？好比斐迪南現在可以結婚了，除此之外還有其他的嗎？

A 青衣神官的身分其實就是「神殿所屬○○家的人」，還俗後就變成「○○家的人」。如果能在還來得及就讀貴族院的年紀內還俗，畢業後就是可以自立門戶的貴族。如果已經成年了之後才還俗，就無法取得思達普，也就無法成為貴族。雖然要視家人讓其還俗的目的而定，但大抵就是讓其回家當下人，負責為宅邸裡的魔導具供給魔力，或是送去給其他人家當愛妾。既然身分不是貴族，還俗後也無法結婚。

Q 萊歐諾蕾曾囑咐過泰奧多，執行護衛任務期間要直呼優蒂特的名字，而不是叫她姊姊大人。可是，哈特姆特卻是稱呼奧黛麗為母親大人，莉瑟蕾塔也稱呼安潔莉卡為姊姊大人。這是因為泰奧多與優蒂特是服侍同一個主人的護衛騎士，所以需要直呼姊姊的名字嗎？而哈特姆特與奧黛麗的職務是文官與侍從，莉瑟蕾塔與安潔莉卡的職務是侍從與護衛騎士，所以雖然服侍同一個主人，但由於職務不同，就不需要直呼母親或姊姊的名字嗎？

A 因為護衛騎士在下達指示與命令時，只叫「兄長」或「哥哥大人」會搞不清楚是在叫誰，一旦遇到緊急情況便會造成困擾，所以才要求直呼名諱，但騎士以外的職務就沒有這種要求。當然啦，要直呼名字也沒問題。

Q 梅茵變成貴族的時候，因為本名太短不適合當貴族的名字，就改名成了羅潔梅茵，那戴爾克的名字和梅茵一樣是三個音節（※指原文發音的音節），為什麼不用改名？

A 因為梅茵是以上級貴族的親生孩子之身分受洗，又被領主收為養女，若要謊稱她從出生起就是上級貴族的孩子，那麼名字音節太短便很不自然。況且，表面上梅茵已經死亡，她也必須藏起自己曾是平民的過往。但戴爾克是以領主為後盾，被提拔為貴族的孤兒。他既沒有需要隱瞞的過去，貴族這邊又有太多人知道他的本名，比如麥西歐爾的近侍們、羅潔梅茵的近侍們、孤兒院裡的人等等。所以改名反而不自然。

Q 阿妲姬莎離宮出身的公主會因為是旁系王族，以及與阿妲姬莎離宮裡的公主相貌神似等原因，被奧伯或丈夫發現她的出身嗎？是否會因此導致婚事破局，或者婚後遭到看輕？

A 由於混雜到了王族與各地奧伯的血統，因此即便是直系王族，若有王子或公主長得很像阿妲姬莎公主也很正常。並不會僅因外表就去懷疑出身。況且旁系王族的婚事都得經過君騰首肯，所以冷落公主對領地並無好處。

Q 菲里妮是以母親已亡的孩子之身分舉行洗禮儀式，那為什麼斐迪南無法同樣以母親（伊繆荷黛）已亡的孩子之身分受洗呢？是制度上的問題嗎？

A 因為菲里妮的父母結婚了，菲里妮又是他們的親生女兒，用魔力做過親子鑑定。然而，斐迪南的情況卻不同。原定成為他父母的亞德貝特與伊繆荷黛並未成婚，而伊繆荷黛與斐迪南也不可能用魔力完成親子鑑定。加上伊繆荷黛得以母親的身分主持斐迪南的洗禮儀式，母子關係才算正式成立，所以後來斐迪南只能以奧伯的庶子之身分受洗。

Q 故事裡說過，有時重新取得加護以後，可以因此增加屬性。但是，這樣就會變得與洗禮儀式時登記的魔力不一樣，日後不會因此帶來什麼不便嗎？既然魔力會像年輪一樣累加，那麼登記後另外再取得的魔力，是否登記證之類的魔導具就無法辨別了？

A 為了避免加護儀式過後發生這種情況，畢業儀式時都會再一次登記魔力。所以往後要是又有同樣的疑慮，大概也會要求貴族每次重新舉行加護儀式，就要重新登記魔力等等，採取類似這樣的措施吧。

Q 請問冬季社交時期基貝土地的情況。書裡說過，冬季社交時期，領內所有貴族都會聚集前往城堡，但要是所有貴族都離開了基貝管轄的土地，守衛不會變得很薄弱嗎？基貝（與他的第一夫人）似乎是非得參加冬季的社交界不可，那沒有貴族負責留守嗎？還是說本傳裡出現過的「基貝的代官」，指的就是那些能留下來守衛的貴族？

A 雖說所有貴族都會聚集前往城堡，但並不是所有下人都會帶往貴族區。侍從中無法成為貴族的親族會負責留守。

Q 想請問身蝕，尤其是埃維里貝印記之子。羅潔梅茵擁有埃維里貝的印記，而且徹底被斐迪南染色了吧？另外還說過這種情況下如果結婚，她一樣會受到對方魔力的影響，但對方是否必須是能感知到魔力的對象，或者魔力量要比羅潔梅茵還高，才有辦法將她染色呢？雖然身蝕具有容易被染色的體質，但羅潔梅茵因為埃維里貝的印記已被染色，所以就算想要沖淡也很難成功……這些解釋實在讓我非常混亂。

A 身蝕的基本色近乎透明，但擁有埃維里貝印記的羅潔梅茵，不管是魔力結塊還是魔力器官，都已經染上了斐迪南的顏色。因此，她的基本色會與將她染色的人幾乎相同。既然魔力器官已被染色，就不會再變回透明的顏色。若有人的魔力比斐迪南要多，就有辦法將羅潔梅茵的基本色重新染色。此外，包含貴族在內的魔力持有者只要結婚，魔力都會受到另一半的影響。這點羅潔梅茵也不例外。但是通常一段時間過後，就會慢慢變回原來的基本色。倘若是身蝕，基本色就是近乎透明，羅潔梅茵的基本色則會與將她染色的人幾乎相同。而包含埃維里貝印記之子在內的身蝕，不管對象是誰，都很容易被染色。但只是沒有同步藥水也容易被染色，不代表基本色會跟著改變。一段時間過後，還是會變回原來的顏色。

Q 在為羅潔梅茵決定未婚夫的時候，為什麼沒有招贅上級貴族這個選項？一般上級貴族不會入贅成為領主一族嗎？

A 招贅上級貴族這種情況是存在的。只不過，鮮少會為養女招贅上級貴族。因為通常就是對領地有益才會將其收為養女，所以大多不是讓養女與親生兒子結婚、使其留在領內，就是嫁往他領、成為兩領間的橋梁。要是能夠成為繼承人的親生骨肉只有女兒，但又無意讓養女成為下任領主，卻想讓她以領主一族的身分留在領內輔佐，這種時候就會招贅上級貴族吧。而羅潔梅茵的情況，是不曉得內情的貴族都想讓她成為下任領主，要是為她找來上級貴族當夫婿，就會徹底被排除在下任領主的候補人選外。萊瑟岡古一族的反彈聲浪會非常巨大，所以不可能這麼做吧。

Q 像黎希達這樣的上級貴族如果是在領主的城堡裡飲食起居，那在她宅邸裡工作的侍從與下人是只保留最基本的人數嗎？另外，由於尤修塔斯與嫁人的古德倫都離家了，那黎希達得從其他地方找來繼承人嗎？還是一家的傳承就此斷絕？

A 會就此斷絕呢。因為她屬於侍奉領主的旁系一家，不能從其他地方找來繼承人。今後她的職責，應該會由波尼法狄斯的孫子或曾孫，以領主一族的旁系身分接下。

Q 魔力供給時諸如領主辦公室等地方，只有領主一族的旁系能夠進入，那羅潔梅茵成為奧伯·亞倫斯伯罕以後，符合旁系貴族身分的只有與她一起過來的柯尼留斯嗎？

A 第五部Ⅸ這時候，由於斐迪南也會以幫忙的名義同行，所以還有她的親哥哥艾克哈特。而且羅潔梅茵原是艾倫菲斯特的領主一族，所以如果擴大解釋，只要是能進入艾倫菲斯特領主辦公室的人都ＯＫ，那麼尤修塔斯也能進入。此外雖然這是之後的事情，但與他們結婚以後，萊歐諾蕾與安潔莉卡也能包括在內。

Q 假如羅潔梅茵與韋菲利特（或者席格斯瓦德也行）舉行了星結儀式。羅潔梅茵因為是身蝕，婚後會被對方的魔力染色，可不管韋菲利特還是席格斯瓦德都不是全屬性。請問羅潔梅茵會因為丈夫不具有某個屬性，就失去該屬性的加護嗎？還是雖然會變淡，但她擁有的屬性仍會存在，不會消失？

A 魔力的顏色與因儀式而取得的加護是不一樣的。魔力的顏色雖然會被結婚對象影響，但自己易於操控的屬性與加護量並不會改變。

Q 這個世界有沒有什麼禁忌的魔法？（比如能讓人起死回生，或是能詛咒、洗腦、支配他人的魔法，或是能操控用魔法製造出來的人造人等等）

A 法律以及人與人之間並未對此定下規範，但一些會遭到天譴的魔法，應該正符合讀者所說的禁忌魔法。譬如若是堅持要做某項研究，秩序女神就會現身警告，或是沒收思達普；確實有些魔法神祇會特別留意。

Q 洗淨魔法的洗淨效果，究竟到了何種程度？如果是自己認定為髒汙的事情或東西，那麼就連屍體也清理得掉嗎？

A 就是靠洗淨能清洗掉的範圍。屍體是沒辦法的，但如果是貴族的屍體，刺穿魔力器官以後肉身會化作液體，那麼融化後的液體就能洗淨。一般體內含有的魔力也會將其變作魔石，所以都會喚來神官舉行喪禮。

Q 羅潔梅茵的魔力豐富，但她體型這麼嬌小，器官應該也相當迷你吧？艾爾維洛米曾經說過，因為她的軀體縮小不少才會讓她長大，所以她應該是在極小的器官當中，將魔力壓縮到了極致吧。

A 魔力器官的大小並不只與身體的大小有關，但她確實是在偏小的器官當中，將魔力壓縮到了極致。

Q 第五部Ⅶ〈梅斯緹歐若拉之書〉中說過，身蝕都是「薄弱的全屬性」，那如果從未向神獻上祈禱就舉行加護儀式，能夠取得大神的加護嗎？另外，如果在取得加護後創造出了屬於自己的魔力色，容易受他人魔力影響的特質是否就會消失？（還有想請問所謂「薄弱」是指怎樣的情況）

A 會完全得不到大神的加護。薄弱的全屬性，意味著沒有一個屬性足以取得加護。就算能夠得到加護、擁有屬於自己的魔力色，容易受他人影響的特質也不會改變。

Q 在既是身蝕又是薄弱全屬性的情況下，能夠取得全屬性的思達普嗎？還是說所謂薄弱的全屬性，擁有的是眷屬神的屬性？

A 並無法取得。因為薄弱的全屬性，意味著所有屬性都未達到標準。

Q 故事裡曾出現過「把你染成我的顏色」這種話，那麼這跟讓魔石與魔導具染上自己的魔力相比（比如羅潔梅茵是淡黃色，韋菲利特是淡綠色），兩者指的「顏色」是一樣的意思嗎？

A 有時單純是指魔力本身，有時是指將魔力灌進魔石後肉眼可見的色彩，所以並不完全一樣。

Q 貴族的孩子們是因為受父母與季節等等因素影響，魔力的顏色各不相同，那身蝕為什麼不是受季節，而是受土地影響呢？

A 多半因為他們是在神祇的干預下，被藏在尤根施密特這塊土地上的人兒吧。

Q 領主候補生一旦降為上級貴族，那他們在上領主候補生課程時學到的魔法要如何處置？（比如再也不

能施展、可以施展但會構成犯罪，或者必須絕口不提等等）

A 想用的話都可以用喔，只不過會有諸多限制。像是得有基礎魔法、必須登記為領主一族，或者必須要有領主的許可才能施展等等，所以可以用的魔法並不多。

Q 艾爾維洛米大人所說的詛咒，也是攻擊魔法的一種嗎？那在尤根施密特是如何下詛咒？在貴族院會學到嗎？

A 祝福與詛咒的性質是一樣的。祈禱好的事情就會變成祝福，祈禱不好的事情就會變成詛咒。所以是藉由向神祈禱來下詛咒。在貴族院並不會學到，但在神殿長的聖典裡倒是有。用小聖杯奪走土地的魔力也是詛咒的一種。

Q 關於前往國境門所使用的領內轉移陣，書上說過「就連奧伯也遺忘了其存在」，那麼他領平常會使用嗎？還是只有艾倫菲斯特遺忘了這種領內轉移陣的存在？

A 應該也有領地還記得。只不過，由於使用時非得由奧伯發動不可，又得消耗非常大量的魔力，因此除非是奧伯必須率眾人立即趕往的緊急情況，否則應該沒有領地會平常就在使用這個轉移陣。除非十萬火急，要不然用騎獸在領內移動就夠了。

Q 請問第二部Ⅲ裡齊爾維斯特施展的兩種魔法中，強化領地結界的魔法（紅鳥）的咒語是什麼？第五部Ⅷ裡，已經知道守護領民的魔法（黃鳥）的咒語是伏爾科巴贊，如果方便的話希望能夠告知另一種。

A 左修哈爾克。

Q 一開始要在貴族院與領主會議上舉行奉獻儀式時，多數貴族都感到排斥，覺得奉獻魔力等於「被搶走魔力」。那麼一般人在睡過一覺以後，魔力會自然恢復多少？

A 因人而異。但平日經常壓縮魔力的人恢復速度會比較快。

Q 想請教魔法施展與個人名字的問題。感覺獻名明明擁有非常強大的效力，但在其他魔法當中，個人的名字似乎不受到重視。例如奉獻魔力時都是唸「創世諸神，吾等在此敬獻祈禱與感謝，亦是祈求所創世界能有所變化之人」，那如果改成「吾之名為梅茵，在此向創世諸神敬獻祈禱與感謝（略）」，像這樣先報上自己的名字以後，奉獻起魔力是否會更順利呢？還是說只有獻名是特殊的？

A 本來不必報上名字就能奉獻魔力，所以就算報了名字也不會有任何差異。而獻名畢竟是獻上自己的名字，自然是特殊的。

Q 魔導具故障是指怎樣的狀態？比如魔法陣上神祇的符號變模糊了，或是魔石裂開了之類的嗎？

A 是的。繪製魔法陣的魔力會逐年變得薄弱並且失去效力，而魔石會有磨損，金屬部分也會損壞。

Q 關於防止竊聽魔導具。如果附近也有其他人在使用，不會混在一起嗎？

A 不會。因為只有與同個母機相連的子機之間可以互相對話。

Q 使用了指定範圍的防止竊聽魔導具以後，還能使用個人用的防止竊聽魔導具嗎？

A 可以。可以指定一個範圍，然後在指定範圍內再使用個人用的防止竊聽魔導具。

Q 讓他人飲用魔力液化的藥水，是種不知羞恥的行為嗎？另外這種藥水除了自己喝以外，一般也會給其他人飲用嗎？比如自己魔力枯竭的孩子。

A 既然已經做成了藥水，那麼給別人飲用自然就不是不知羞恥的行為。相比之下，透過牽手或是嘴對嘴直接灌注魔力更加不知羞恥。當遇到有人有魔力枯竭的危險，有時就會灌注他人的魔力應急，並在對方感到排斥的情況下也讓其喝下回復藥水，助對方盡快恢復自己原有的魔力。比如胡亂進行調合的文官，或是行事太過莽撞的騎士。此外，這種藥水也經常給自己的孩子飲用。因為每當到了要練習如何問好與給予祝福的年紀，孩子們都會好奇地想要使用魔力，所以容易發生意外。父母不在家時，負責照顧孩子的侍從都會幫忙保管這種藥水，以備不時之需。

Q 製作魔導具與魔力不足時，做為急救措施所飲用的液化魔力究竟是如何製作的呢？是從血液或體液當中提煉出來的嗎？以前在回答讀者的問題時說過，若貴族母親早逝，父親就會製作液狀魔力，代替母乳讓小寶寶喝下，所以很好奇製作方法。

A 首先要去除清水當中的多餘魔力與雜質，再以思達普注入自己的魔力。魔力的濃度則依個人偏好。

Q 從原理來看，封印思達普用的手銬能以魔力（包括被注有神力之人的魔力）將其變作金粉嗎？如果可以，那手銬在製作時設定的魔力容量是多少？

A 手銬會隨著時間慢慢損壞，但若想將其變作金粉，基本上是不可能的。因為被銬上手銬的人，魔力只會留下一開始就定好的量，剩下的則都流向製作者所屬領地的基礎。

Q 貴族院裡的圖書館蘇彌魯應該是仿造金色蘇彌魯，那為什麼是白色跟黑色的？他們的顏色跟黑暗之神與命神，還是跟領地代表色有關嗎？

A 單純是製作者的喜好。

Q 倘若不由羅潔梅茵去取得導覽版的古得里斯海得，而是現任王族自己取得了的話，他們會努力想要看懂以古語寫成的內容嗎？還是都丟給近侍，讓近侍去解讀？

A 現任王族能夠取得的，是指古得里斯海得魔導具吧。那當然會努力想要自己看懂。古得里斯海得魔導具是不可能交給近侍的，因為會使那位近侍變成君騰。

Q 想請問關於騎獸。變出騎獸用的魔石，為什麼不使用奧多南茲或者綠魔石那類的魔石？尤其騎士在變出騎獸的時候，還得為戰鬥消耗魔力。為了節省魔力，沒人想過要利用（或發明）騎獸魔導具嗎？

A 綠色魔石為了讓水移動也需要消耗魔力，所以不太能理解要如何用來節省騎獸所需的魔力；至於奧多南茲，就只能朝著要接收訊息的人一直線飛去，所以就算有了乘坐功能，我也不認為騎士能坐在上面戰鬥。這個問題指的是像汽油車那樣，只要預先灌注魔力（不管誰的魔力都可以）就能發動的騎獸魔導具嗎？但這樣的魔導具就無法隨意變換外形了。就和裝了綠色魔石的水壺一樣，會變成裝有魔石可補充魔力的騎獸，而且做成多大就是多大。平常會不知道該放哪裡吧？若是一排排地放在城堡或是騎士宿舍前面，那幅畫面或許很可愛，但緊急時候就無法從陽臺或窗戶跳出去追趕敵人，況且也不是個人可以搬運的大小。再加上因為不管是誰的魔力都能發動，會有被偷的風險。為了個人可以靈活操作，又能有最恰當的形體，最終發明出來的就是現在這種騎獸用魔石。而且因為經常要往騎獸灌注魔力，不僅可以操控自如，也能自行掌握魔力還剩下多少，就能在魔力快要耗盡時飲用回復藥水。

Q 小熊貓巴士的車窗似乎和汽車不一樣，關上以後就看不見車內，想請問具體而言是怎麼關的呢？

A 單純只是也能讓外面的人看不見車內。在羅潔梅茵的想像中，她是利用百葉窗讓外面的人看不見車內，但是看在外面的人眼裡，會覺得車窗突然就消失了。

Q 同步藥水的課堂上說過，就算喝了同步藥水被染色，大約一個月過後就會變回原本的魔力，可是FANBOOK 4裡又說一旦結了婚，被染色過的影響會持續一輩子（不會變回最初的魔力）。這兩者的差異是什麼？

A 嗯～只能說是因為結了婚的關係吧。通常貴族即使結了婚，只要有大約一個月的時間沒有彼此染色，就會變回自己大致原有的魔力。但是，也不是完全變回原樣，仍會留下一些細微的影響……如果是離了婚，雖然會遭受到難以取得最高神祇祝福的處罰，但也會完全變回自己原本的魔力。而即使是在結了婚的狀態下，使用窺看記憶的魔導具時喝了同步藥水也不會留下影響。

Q 之前說過，魔力達到一定程度以上的思達普持有者在死亡時，記憶會被收錄進梅斯緹歐若拉之書當中，那要是思達普被銷毀了，還會收錄那個人的記憶嗎？

A 會收錄到思達普被銷毀的那一刻為止，此後就無法再紀錄。

Q 關於梅斯緹歐若拉之書裡的內容。究竟魔力量要達到多少，記憶才會被收錄，以及又是從何時開始收錄？從會思考時開始嗎？還是只有五感能感受到的部分？要是有好幾個人記憶裡的內容都重複，那會如何處理？因為從魔法陣的欠缺來看，重複的內容似乎會經過整合。

A 魔力量要達到可以讓篩選魔法陣完全發光，收錄範圍則是從取得思達普後到死亡為止，但是想法與情感並不包含。好幾個人有重複的內容時，就要看梅斯緹歐若拉如何取捨。祂可能會覺得「這個已經看過了，好無聊」，就加以刪除或整合，或是覺得有不同的觀點也很有趣便保留下來。

Q 關於梅斯緹歐若拉之書的功能。書裡好像還有地圖與設計圖之類的圖片，那照片（比如歷任君騰的容貌等）或是影片也有辦法顯示嗎？如果全都記錄成文字，那些不知羞恥的場景會改成以諸神亂舞的方式來呈現嗎？既然斐迪南發明了錄影魔導具，不能追加錄影功能嗎？

A 只要梅斯緹歐若拉沒有刪除，持有者也想觀看的話，確實也能以照片或影片的形式觀看。但與圖文相比，一旦選擇播放照片或影片，魔力的消耗量會大到幾分鐘就足以影響日常生活，幾十分鐘更會對生命造成危險，所以一般不會這麼做。

Q 喬琪娜與拜瑟馮斯所使用的暗號，跟喬琪娜贈送的墨水有關係嗎？既然設在亞倫斯伯罕基礎之間裡的魔法陣陷阱是看得到的，那應該不是隱形墨水，難道還有其他特殊的效果嗎？

A 與墨水完全無關。是喬琪娜在孩提時期想出來的「秘密信件用暗號」。

Q 看過動畫以後，原來範圍型的防止竊聽魔導具可以很清楚地看到有人在使用。那麼除了原本就在裡面的人以外，那道結界會把其他人都阻擋在外嗎？如果有這種功效，像斐迪南這種魔力量豐沛的人可以強行闖入嗎？

A 結界並不能把人阻擋在外。比較像是既然你看到了我們在使用，那就不要踏進來。而且為了避免其他人亂闖，通常侍從都會守在一段距離外，如若有人靠近，也會向結界裡的人示意。

Q 如果是魔力非常相似的人，透過故人的魔石，也能利用窺看記憶魔導具讀取到記憶嗎？

A 不行。必須經由大腦才能讀取到記憶。

Q 當寵物飼養的魔獸可以同時養很多頭嗎？

A 有的可以，有的不行。像沃爾赫尼就能同時飼養很多隻。因為牠們會依據魔力量分出上下關係，同族之間不會盲目地互相攻擊。如果會攻擊魔力量較低的其他種族，都是因為對方沒對上位者俯首聽命。在沃爾赫尼看來，只覺得自己是在教訓對方，「明明你的魔力量比我還低，那是什麼態度？」

Q 只要往塔烏果實灌注魔力，它就會長成陀龍布，那威懾的話也可以嗎？

A 視塔烏果實的成長情況而定。對塔烏果實進行威懾時，它多少會成長一些，但跟直接用手觸摸相比，能夠吸收到的魔力還是不算多。直接用手觸摸還是更確實，也不會浪費到魔力。

Q 這個世界有國家所制定的法律嗎？就是貴族犯了什麼罪，就要接受怎樣的處罰。還有，當貴族犯下了必須被封印思達普的罪行時，除了手銬以外，是否還會套上其他刑具（比如口枷）？依其罪行所施行的處置和方法，會考慮是否符合人道原則（比如不取其性命）嗎？

A 有本《法典》的法規條文，對於包含王族在內的尤根施密特貴族都具有約束力，但並沒有訂定得那麼仔細。另外也有相當於口枷的魔導具。至於處置上是否會符合人道原則，就要看犯人的態度與罪行了。這個世界並沒有人權這種概念。

Q 綜觀全國，一出生就擁有全屬性適性的貴族，大約占多少比例？還是說非常罕見，甚至幾年來才會有一個？

A 政變前多少還有一些，現在已是非常稀少。大概已經到了幾年才有一個的地步。

Q 故事裡說過，身蝕是薄弱的全屬性，再稍微帶有出生土地的屬性，那麼想問出生土地的屬性是在何時決定的？例如艾拉在艾倫菲斯特懷上身孕，登記成為亞倫斯伯罕的領民後，在貴族院誕下的孩子是身蝕的話，那麼孩子會帶有風、暗還是命屬性？另外，在現今沒有國境門的領地裡，身蝕所帶有的屬性應該是尤根施密特初期領地的顏色吧？這個推測對嗎？

A 推測十分正確。雖然艾拉不會在貴族院生產，但假如她是在貴族院產下孩子，孩子就會是帶有薄弱命屬性的身蝕；等搬到亞倫斯伯罕才產下孩子的話，就會帶有暗屬性。

Q 雖然與平民的生活無關，但請問身蝕的出生條件，完全是隨機的嗎？還是有什麼誘因？比如是因為遺傳（其實有位祖先是青衣神官），或者懷孕期間曾受到魔力的影響，又或是經常向神祈禱就會容易生出身蝕？

A 如果是在神殿孤兒院出生的身蝕，那完全就是遺傳自青衣神官。但這種情況其實是繼承了父母的魔力，嚴格來說並不是身蝕（受土地影響的薄弱全屬性）。身蝕的誕生完全是隨機，但真要說的話，容易出現在國境門所在的領地（靠近國境門的地方）。

Q 出版成冊的小說當中，關於王位的繼承歷史更加詳細地寫出了當時是哪一任國王，那麼具體而言究竟是幾年前？尤其王族是從何時開始存在，古得里斯海得魔導具又是從何時開始繼承，想要知道具體的年分。

A 具體是在哪一年，就連貴族院裡的史料也沒有記載，所以並不清楚。但請記得王族的誕生，始於君騰・芮荷希特拉那個時代。

Q 休華茲與懷斯會領著屬性與祈禱都足夠，也巡行完了祠堂、完成了魔法陣的君騰候補前往地下書庫深處。可是，並未完成祠堂巡禮（＝祈禱並不足夠）的君騰候補好像也進去過。那麼能夠進入地下書庫深處的條件究竟是什麼？

A 應該是時代不同的關係。黑白蘇彌魯被創造出來以後，屬性與祈禱不足的王族就無法再進入地下書庫深處。不僅如此，還必須是登記為直系王族的王族才可以。

Q 之前說過不必巡行祠堂，也能在地下書庫深處取得古得里斯海得裡面的內容，那代表只要沒了黑白蘇彌魯，就算不去巡行大神的祠堂，也能抄寫到古得里斯海得裡的內容嗎？

A 加藍索克那時是這樣。只要向梅斯緹歐若拉神像提供魔力、取得了古得里斯海得的外觀，就能抄寫導覽版裡的內容。

Q 艾格蘭緹娜既是全屬性又是王族，應該能和從前的君騰一樣，在往睿智女神像灌注魔力，並取得古得里斯海得的外觀以後，取得存放於地下書庫裡的內容吧？

A 在她巡行完祠堂後就可以。但正是因為這種不正統的取得方式，才使得尤根施密特的君騰繼承制度陷入混亂，所以斐迪南與羅潔梅茵都不會告訴她。假使艾格蘭緹娜靠著自己查到這段歷史，從她之後的抉擇，便能看出她做為君騰的資質。

Q 命之祠堂裡，土之女神的石板的擺放方式就像是不想讓人碰到一樣，那要是直接伸手去拿會怎麼樣？雖然羅潔梅茵因為察覺到危險，沒有伸手觸碰就取得了，但以前有沒有人曾在巡行祠堂時，因為想要靠近石板而沒有通過測試？那種情況下遺體會怎麼樣？一起去巡行祠堂的近侍與王族，會跟著下落不明嗎？

A 生命之神會揮下埃維里貝之劍。如果能順利閃開那倒還好，但要是閃避不及的話就會受傷，若倒楣一點被傷中了要害，還有可能喪命。實際上就有過這樣的例子。但敢當著生命之神的面朝土之女神伸手，這也代表對諸神的了解過少，沒有資格成為服事諸神的君騰。那麼也是無可奈何。倘若死亡，遺體會被送到祠堂門外。看在同行的近侍眼裡，只會覺得主人站在門前突然間就斷氣了。順便說明，近侍即使同行也進不了祠堂。倘若近侍也是全屬性的話，或許進得去，但會是以君騰候補的身分獨自進入祠堂。

Q 從祭壇前往創始之庭時，必須要是全屬性才能進入，那如果是利用採集思達普的那條路徑，即使不是全屬性也進得去嗎？

A 不行。就算走到了盡頭，最後那道白色螺旋階梯也不會顯現出來，最終只能掉頭折返回去。就好比漫畫第四部Ⅳ裡的那道白色階梯沒有出現在羅潔梅茵面前。

Q 這個世界有牙科、人體解剖學與剖腹產這類外科醫學和外科醫療及手術嗎？關於戈雷札姆的義手，曾有個角色說過：「是來不及施展治癒魔法嗎？」意思是來得及的話，就算身體局部被砍掉也能用魔法接回去嗎？

A 這個世界有著旨在了解人體構造的解剖學，但基本上能夠施展治癒、處理傷口的只有貴族。平民則要看醫者個人的經驗，或是從師傅那裡吸收到了多少知識與經驗，所以很難說是一門有系統的學問。戈雷札姆是為了假死好躲過波尼法狄斯的追捕，於是砍斷自己的左手，所以從一開始就沒有打算治癒。如果在砍下來後，趁著血液還未變乾前及時施展治癒，那就有辦法接回去。

Q 領地的氣候與國境門有關嗎？想了想在尤根施密特內，是什麼讓土地的氣候具有特色後，推測應該是與國境門的屬性有關，不知道是否正確？

A 是的。擁有冬之女神蓋朵莉希國境門的庫拉森博克是最寒冷的地方，而擁有夏天之神萊登薛夫特國境門的戴肯弗爾格是最炎熱的地方。

Q 國家的領土可以擴張或縮小嗎？既然國土是靠著擁有豐富魔力的人，並且依其人數與品質來維持，那麼若調整國土的大小，就算像從前那樣（多半）人口不多也沒什麼問題吧？

A 君騰可以改變領地的大小，但無法改變尤根施密特的大小。因為創造者是艾爾維洛米。

Q 尤根施密特境內有古代遺跡嗎？有的話會視作歷史文化遺產加以保護嗎？

A 貴族院與國境門就是古代遺跡喔，從建國開始至今都還在使用。如果還在使用的建築不算古蹟的話，那麼各領皆沒有古代遺跡。因為基本上每次都會施展因特維庫命，全部重新建造。此外，只要領地名更改、設立了新的基礎魔法，舊領地奧伯所設置的白色建築物就會失去魔力，逐漸化作白沙，所以舊有的遺跡不會留下。

Q 落敗領地與廢領地的差異是什麼？是不是落敗王子的配偶的出身領地會成為廢領地，而只是給予支持但沒有血緣關係的會成為落敗領地？

A 擁戴落敗王子、主導政變的領地，以及落敗後仍想暗殺得勝的王族、試圖推翻結果之人的出身領地會被歸為廢領地。只是給予支持，在勝負已分後便俯首稱臣的領地則被歸為落敗領地。

Q 這個世界的人為什麼壽命都不長？藉由增加魔力、取得更多神祇的加護，能夠拉長貴族的壽命嗎？此外，記得齊爾維斯特取得了長壽之神的加護，那會直接導致他的壽命有所增長嗎？而平民隨著下水道的建造改善了環境衛生，染病的風險應該會降低許多。若再藉著奉獻儀式讓充足的魔力遍布土地，營養方面應該也會有所改善，不會有助於他們將來壽命的延長嗎？

A 即使得到加護，壽命也不會戲劇性地拉長。平民也不至於延長到超過十年以上吧。

Q 第一部Ⅲ裡灰衣巫女對梅茵說的「只有神殿工作人員才能進入神殿圖書室」，想知道被認定是神殿相關人員的條件是什麼？「舉行宣誓儀式，就等於登記成為神殿相關人員」，這樣的認知是正確的嗎？

A 是的，基本上這樣就成為神殿相關人員了。另外也有向神殿長取得入室許可證這個方法，但必須是持有思達普的貴族，否則有許可證也進不去。

Q 第二部裡頭，斐迪南曾向梅茵描述過貴族因魔力失控而亡的慘狀，說得簡直讓人身歷其境。難道他在阿妲姬莎離宮裡曾親眼見過嗎？

A 嗯，確實曾親眼見過沒錯。

Q 哈特姆特曾進入亞倫斯伯罕的神殿排除危險，那除了將灰衣神官們綑綁起來外，其他還做了什麼嗎？

A 比如向亞倫斯伯罕的神殿長取得進入圖書室的入室許可證與圖書室的鑰匙，還有為免羅潔梅茵感到不快，也讓以捧花為目的前來的貴族閉上嘴巴等等。畢竟他領的神殿仍是不潔之地。

Q 看到書裡的人在亞倫斯伯罕的神殿取得了入室許可證，突然很好奇，只要有許可證，任誰都能進入圖書室嗎？故事初期羅潔梅茵還是平民的時候，曾被神殿的圖書室彈開，那只要有這個許可證，不管隸屬自領還是他領，或者不是神殿的相關人員都能進入嗎？

A 平民必須要是神殿相關人員才可以，而貴族只要持有思達普，又有神殿長的入室許可證與圖書館的鑰匙就能進入。

Q 蘭翠奈維的討伐戰最後舉行了喚冬儀式，羅潔梅茵還把斐迪南的披風披在身上，沒想到披風上的魔法陣竟然發出了光芒，惹來眾人側目。那麼想請問那個當下，近侍與戴肯弗爾格的有志之士們都在想什麼呢？

A 差不多就是這樣吧：「披風竟然在發光?!」「他到底想做什麼?!」「那個魔王是不是又在披風上設了什麼機關?!」

Q 在對蘭翠奈維的船隻舉行喚冬儀式時，斐迪南大人硬是要跑進魔法陣的籠罩範圍當中，他是不是想以禦寒為藉口，用披風把羅潔梅茵大人裹起來？為了準確了解情況，跑到魔法陣內確實是合理的舉動，但如果只是要觀看被召喚出來的冬之主眷屬與船隻結凍的情況，其實待在一段距離外應該也沒問題，難道羅潔梅茵大人都不覺得奇怪嗎？

A 從外看去，魔法陣內正颳著暴風雪＋形成一道白色光柱，所以很難看清楚內部的情況。要下指令的人，當然該到能夠掌握戰況的地方去，所以她並不覺得奇怪。

Q 趕往亞倫斯伯罕救人時，羅潔梅茵身上穿的騎獸服是下襬摺起的款式嗎？還是預先準備好的、又是布倫希爾德的舊衣？

A 羅潔梅茵從貴族院回來以後，日常服裝光靠布倫希爾德提供的舊衣並不足夠，所以也會修改養母大人的舊衣做使用。騎獸服就是養母大人的舊衣喔。

Q 梅茵那種「一旦開始看書，就會沉浸到別人怎麼叫也聽不見」的習慣，是成為梅茵以後才養成的嗎？因為麗乃聽到小修的呼喚時，就算還在看書也會抬起頭來，所以才有這個疑惑。

A 那種沉浸到聽不見別人聲音的習慣是從麗乃時期就有。因為小修在叫麗乃的時候，都會拍她的肩膀、拉她的手臂，或是把手擋在她與書本之間。都認識那麼久了，小修不會再浪費時間一直叫她。

Q 當初梅茵原定成為卡斯泰德的養女。如果她真的成了卡斯泰德的養女，對外打算如何說明她的親生父母呢？畢竟騎士團長要是收養了來歷不明的小女孩，感覺起來更可疑吧。

A 大概只會堅稱她的生父生母不詳吧。因為只要宣稱收養養女一事是領主下的命令，就可以輕鬆搞定。斐迪南也是為此才把齊爾維斯特牽扯進來。騎士團長在得到領主的許可後，不僅將斐迪南所庇護的女孩收為養女，又禁止他人深入探究，各式各樣的揣測自然會滿天飛。比如「難不成他是被迫收養了齊爾維斯特大人的私生女？」、「其實那是卡斯泰德大人的私生女，但為了隱瞞才收為養女的吧？」、「聽說她是斐迪南大人帶來的。說不定身世就和當年前任奧伯突然帶回來的斐迪南大人一樣。」……無論如何，眾人都會認為背後肯定有什麼隱情，是個與領主一族關係匪淺的女孩。

Q 梅茵變成羅潔梅茵、就任成為神殿長時，服裝是直接修改前任神殿長的衣服，後來也完全沒有提到過曾經重新定做神殿長服。所以她一直是穿同一件神殿長服嗎？但她平常幾乎當成日常便服在穿，那布料不會磨損得很嚴重嗎？還是其實只是羅潔梅茵沒有留意，某些部位早就換新了？

A 前任神殿長本就有好幾件日常在穿的神殿長服，再加上他體型龐大，修改成羅潔梅茵的尺寸時一件能做好幾件，所以她平常有很多件可以換穿，並不是反覆一直在穿同一件。況且哈特姆特在開始出入神殿的時候就說了：「即便是捨不得浪費布料，我還是無法容忍羅潔梅茵大人一直穿著那種傢伙留下來的神殿長服。」然後帶了新的布料過來，再由法藍帶去奇爾博塔商會請人重新製作。

Q 羅潔梅茵是因為安瓦庫斯的力量才長大，那如果神祇的力量消失了，她會不會變回原來的樣子或是突然變得更小（像是幼女或小寶寶）？

A 一旦長大，除非是倒轉時間等等，以其他種方式使用諸神的力量，否則不會變回原樣。

Q 羅潔梅茵突然長大以後，現在體力大概有多少？因為救出斐迪南以後，她整整睡了兩天。可是昏睡之前，她還奪取了亞倫斯伯罕的基礎、照顧了斐迪南、收回蘭翠奈維的船隻，連續參加了好幾場戰鬥。過程中完全沒有昏倒，體力似乎就和一般艾倫菲斯特的文官差不多。

A 跟一般人比還是很虛弱。而且她雖然參加了好幾場戰鬥，但其實大多都是坐在騎獸或被迫坐在騎獸上，自己並沒有什麼在動。儘管蘭翠奈維之戰時消耗了大量魔力，但並未消耗到多少體力。在供給室時，也是一邊回顧歷史一邊休息。

Q 羅潔梅茵很害怕看到鮮血與有人身亡，是受到前世的影響嗎？

A 從麗乃那時候就不喜歡了。

Q 羅潔梅茵變出的古得里斯海得是平板型的，那麗乃時期她也愛看電子書嗎？

A 若有辦法取得的話，應該也看過電子書。

Q 艾爾維洛米曾說過羅潔梅茵的「軀體」比起那時候又成長了，這個軀體是指整個身體，還是單純只指儲存魔力的器官？

A 是指魔力器官。

Q 梅茵知道「平民區飲食店家的侍者，多是兼作賣春婦的女侍」，那她又是從哪裡聽來的呢？雖然婦人們在井邊可能也會聊到關於這些事，但梅茵明顯沒有機會參加，所以很好奇她身邊的人是誰提到了這種事情。

A 大門的士兵平常就會聊這些，她也經由多莉、路茲與班諾，知道了艾拉為什麼會進入平民都避之唯恐不及的神殿當廚師學徒。

Q 離別時，羅潔梅茵贈予的全屬性祝福，也給了艾克哈特與尤修塔斯嗎？還有，送給他們的護身符用掉了嗎？

A 兩人也一起接受了祝福喔。護身符則在蘭翠奈維之戰時用掉了。

Q 羅潔梅茵說過，等她拿到地下書庫裡的古得里斯海得，就會讓自己的魔力與王族融合以讓出古得里斯海得。那她知道為了讓彼此魔力相近，得與對方互相染色嗎？

A 為了呈獻古得里斯海得，她知道一旦自己被特羅克瓦爾收為養女，與下任國王席格斯瓦德的聯姻是避免不了的。而為了拯救尤根施密特，如果這是必要之舉，她也做好了覺悟要撇開個人好惡，與一本書都沒有的王子結婚。

Q 羅潔梅茵好像都會隨身攜帶寫字板，那她是如何攜帶的呢？裝在口袋裡？還是由近侍拿著，需要時再請近侍拿給自己？

A 是裝在口袋裡。近侍要提供的話，會提供紙張和墨水吧。

Q 梅茵變成羅潔梅茵時，是否收到了兒童用魔導具？沒有的話，不曉得內情的侍從們不覺得奇怪嗎？

A 雖然她並未收到，但近侍們都認為她身上持有的眾多護身符中，應該其中一樣就是。

Q 長大以後，現在羅潔梅茵的魔力感知開竅了嗎？

A 第五部Ⅷ這時尚未。

Q 要是成為國王養女的計畫繼續進行下去，羅潔梅茵身邊的成年近侍會增加嗎？畢竟現任王族在貴族院裡的近侍似乎都已經成年了。

A 問題中的「成年近侍會增加嗎」，是指在艾倫菲斯特領內嗎？但既然她將成為王族，將有許多中央貴族想成為她的近侍，屆時很可能會提拔艾倫菲斯特出身的人。

Q 羅潔梅茵在供給室裡歸還獻名石後，斐迪南有句話說到一半，「對妳而言我……」的後半句他是想說什麼？

A 「對妳而言我是沒有必要的嗎？」

Q 第五部Ⅷ〈選擇〉裡，斐迪南向艾克哈特下了什麼命令？

A 「把礙事的人都除掉。」

Q 斐迪南會喝醉嗎？他會不會利用解毒藥之類的藥水，讓自己千杯不醉？

A 雖然很難喝醉，但也不是完全不會。在與自己無法信任的對象喝酒時，斐迪南會利用魔法陣與魔導具確保自己不會喝醉。

Q 斐迪南到了亞倫斯伯罕以後，跟在他身邊的近侍大約有幾個人？

A 城堡裡的近侍大約十二個人吧？護衛騎士四人、文官五人、侍從三人。再加上尤修塔斯與艾克哈特，還有人在貴族院的雷蒙特。他因為身分是未婚夫，尚未正式成婚，人數算是偏少。在一般的大領地，會有更多的護衛騎士與侍從擔任近侍。

Q 第二部裡，羅潔梅茵曾經想要橡膠，當時斐迪南答說古米摩伽的樹皮有類似的觸感。但不管貴族院還是艾倫菲斯特都沒有古米摩伽，他是何時何地摸到的呢？

A 就讀貴族院時期，在研究室裡。研究室一帶有不少研究狂，彼此之間也會交換各領的原料。斐迪南不只會趁著比迪塔，搜刮走海斯赫崔擁有的貴重原料，還會以新的魔法陣與魔導具為誘餌，搜刮文官樓裡教師與學生們擁有的貴重原料。

Q 斐迪南在供給室裡垂死時，呼喚了羅潔梅茵的名字。但那個當下在他的認知中，等同家人應該還不是真正的家人。就連齊爾維斯特在他的認知中也只算是等同家人，那為什麼不是呼喚兄長，而是呼喚羅潔梅茵呢？

A 因為在他中毒的那一瞬間，羅潔梅茵給的護身符發動了。

Q 當年斐迪南大人是在什麼時候向前任領主獻名？

A 就讀貴族院五年級的時候。

Q 對於喬琪娜在齊爾維斯特小時候對他的所作所為，斐迪南大人作何感想？

A 他因為不清楚實際情況，不會多作評論。聽完齊爾維斯特的描述後，頂多心想：「這畢竟是齊爾維斯特主觀的看法，不一定完全正確，但聽起來與薇羅妮卡會做的事相差無幾。還真是對相像的母女。」

Q 斐迪南大人格外在意事物的美麗和美觀與否，是否有什麼幕後故事讓他變成這樣？

A 大概是因為薇羅妮卡總說「你的儀態不夠美觀」、「竟然在用餐途中離席，太沒規矩了」，以及文官課程的老師們在稱讚時經常是這樣說：「真是美麗又沒有一絲多餘的魔法陣。」「達到了非常美麗的平衡呢。」

Q 羅潔梅茵長大後，斐迪南大人捏著她的臉頰時（？）在想什麼呢？

A 沒有以前好捏。

Q 假如營救斐迪南失敗，羅潔梅茵會怎麼樣？為了故事的情節發展，斐迪南定然會得救，但很好奇羅潔梅茵要是失去了斐迪南，在尤根施密特內會做出怎樣的選擇？

A 發現斐迪南在供給室內已經斷氣時，羅潔梅茵將因此得到他的魔石，完成梅斯緹歐若拉之書。接著，她會完全不顧正遭受到蘭翠奈維蹂躪的亞倫斯伯罕，也不顧被擄走的萊蒂希雅等人，直奔貴族院去逮捕蒂緹琳朵一行人。然後看到毫無罪惡感的蒂緹琳朵他們便失去理智，讓現場化作一片血海——到這裡為止都能輕易想見吧。最終會被傑瓦吉歐打敗，一切劃下句點。

Q 之前曾說魔力感知開竅以後，貴族院的男學生會前往中央神殿接受性教育，那斐迪南也在中央神殿接受過性教育嗎？

A 他就讀過貴族院，當然接受過。

Q 羅潔梅茵因為安瓦庫斯的力量而成長後，小說第五部Ⅷ裡斐迪南曾這麼形容：「以常理來看，這樣的成長著實不可思議。」他這麼說，意思彷彿是神明在促使羅潔梅茵成長時，也動手形塑了她的美貌，難道這是真的？還是意思只是在斐迪南眼裡，羅潔梅茵美麗到了那種程度？

A 雖然並不是改變容貌後變得像是另一個人，但神祇確實施了點力量，讓她長成了當下最美的模樣。

Q 斐迪南是幾歲開發出了超級難喝藥水？

A 他從五年級開始研究，在六年級的時候完成吧。

Q 日常生活中斐迪南會對羅潔梅茵進行觸診，但有一部分人在看到後都認為這是不成體統的行為，究竟是基於什麼原因？

A 因為明明不是醫師，卻觸摸已可談婚論嫁的異性的肌膚，這本是不該有的行為。斐迪南只是略通醫術，但領主候補生因為課程的關係，不可能成為醫師。即使這在艾倫菲斯特已是稀鬆平常，但他領的人看到仍會大吃一驚吧。

Q 齊爾維斯特為什麼會跳劍舞？

A 因為劍舞比奉獻舞更帥氣。準確來說是因為這樣：

「我也想跳劍舞！」「趁著練奉獻舞的時候，我就教你吧。」於是卡斯泰德教了他跳劍舞。

Q 面對犯了罪的父親，馬提亞斯對他的稱呼從「父親大人」變成了「戈雷札姆」，那為何齊爾維斯特還是稱呼薇羅妮卡為「母親大人」？

A 馬提亞斯並不是因為父親犯了罪才改變稱呼，而是因為他成了領地與主人的敵人，也是為了向他人昭告自己與他已毫無關係。對齊爾維斯特來說，薇羅妮卡雖然犯了罪，但並不是敵人，也不覺得需要改變稱呼。

Q 小說第二部Ⅳ裡齊爾維斯特視角的〈收拾殘局〉中，有一幕場景是齊爾維斯特看到法藍抱起羅潔梅茵，便回想起了什麼，心想著「那幅畫面驀地與殘留在記憶中的往日光景重疊」，請問那是怎樣的回憶呢？

A 與後面的對話有關。他是回想起了卡斯泰德也曾抱著癱軟的布洛。

Q 既能毫不排斥地跑去神殿找異母弟玩耍，即使妻子面有難色也要讓孩子們參與儀式，感覺與其他貴族相比，齊爾維斯特對於神殿好像沒有那麼避諱？難不成他會讓斐迪南進入神殿，也是因為不認為這會成為很嚴重的瑕疵？

A 因為舅父是神殿長，母親又與他往來密切，所以齊爾維斯特對於神殿確實不怎麼避諱。但讓斐迪南進入神殿的時候，他更優先考慮的是守住斐迪南的性命。比起瑕疵嚴不嚴重，他自以為母親的歇斯底里不久後就會平息下來，這才是最天真的判斷。

Q 齊爾維斯特的飛蘇平琴藝相當精湛，難道他與韋菲利特不同，十分喜歡練琴？

A 不，他不喜歡練琴喔。齊爾維斯特只是有著明確的目標。因為若想向芙蘿洛翠亞獻上情歌，他必須要有不輸給高年級生的琴藝才行。為了克服小兩歲的差距，他不惜付出各種努力。

Q 在羅潔梅茵趕往營救斐迪南之前，齊爾維斯特曾說「這是王族提供的許可證」，把席格斯瓦德王子給的魔導具交給了她，那麼他在轉交時是怎樣的心情呢？我不相信齊爾維斯特也認不出那是求愛魔導具，既然還刻意向羅潔梅茵告知了不同的意思，應該是有什麼理由吧？

A 因為席格斯瓦德投機地想要創造出兩人兩情相悅的假象，這讓齊爾維斯特感到很火大。畢竟求愛魔石是用以表達愛意，與聯姻時所贈予的求婚魔石不同，本來該由羅潔梅茵自己決定是否要接受。然而，一旦身為養父的齊爾維斯特說了「這是王族下達許可的證明」，羅潔梅茵就不得不接受。對於曾經想方設法向芙蘿洛翠亞求愛的齊爾維斯特來說，他只覺得：「開什麼玩笑！想求愛就自己來！我絕不承認這種東西是求愛魔導具。既然給了我這樣東西是在回應『請准許羅潔梅茵前往亞倫斯伯罕』這個請求，那麼這就只是許可證而已。」

Q 奧斯華德被解任時，齊爾維斯特與芙蘿洛翠亞向韋菲利特仔細說明過理由嗎？

A 理由說明過了喔。如下：「奧斯華德已經不再適合擔任現今領主一族的近侍。原因是他的思考方式從薇羅妮卡握有大權時直到現在都沒有改變，所以與羅潔梅茵還有夏綠蒂的近侍們無法溝通。由於他並未犯下需被肅清的罪行，因此表面上會讓他自行請辭，但實際上是因為能力不足而遭到解任。」但既然說好了要讓奧斯華德自行請辭，聽到的人就只有韋菲利特，再加上同時請辭的近侍有好幾人。在巴托特的安慰與引導下，最終韋菲利特的想法從「因為太過沿用薇羅妮卡那時的做法，所以不適任」，變成了「因為肅清的關係，是因派系不同才被解任」。

Q 故事裡沒有提到過芙蘿洛翠亞是否舉行了加護儀式，那她重新舉行過嗎？

A 沒有。因為她認為若要重新取得加護，必須先認真地向諸神祈禱。

Q 波尼法狄斯勸過眾人放棄營救斐迪南，那他心中真實的想法是什麼？他心裡真的認為沒有必要去救斐迪南嗎？

A 與其說沒有必要，應該說是因為他覺得不可能成功，也認為衝動行事沒有意義。

Q 肅清之前，芙蘿洛翠亞的近侍似乎分成了法雷培爾塔克系、萊瑟岡古系、中立派與舊薇羅妮卡派，那她以前面對舊薇羅妮卡派近侍的時候，果然會無法信任他們嗎？

A 既然是與薇羅妮卡有關的人，當然是不會信任他們的吧。

Q 為了學習魔力壓縮法，當時韋菲利特是怎麼賺到錢的呢？

A 靠抄書居多。因為他的近侍們與羅潔梅茵不同，遲遲沒能修完課程，所以他大多時間都無法離開宿舍。於是他開始抄書以便製作二年級的參考書，也會抄寫文官從圖書館借來的書籍，另外也會販賣他在茶會上蒐集到的情報。

Q 韋菲利特的近侍們是因為羅潔梅茵未被列在防守人員當中，察覺到了羅潔梅茵即將前往他領嗎？還是韋菲利特已經告訴他們婚約要解除一事？

A 不，他們並未被告知。是在克倫伯格的騎士來了以後才知道。而沒有被列在防守人員中這件事，只是羅潔梅茵的主觀認知。實際上是被列為機動部隊。因為羅潔梅茵一直是在神殿或圖書館內進行調合，所以旁人都以為她基本上會與麥西歐爾一同守衛神殿，也要負責其他貴族都不怎麼放在心上的平民區。況且「有了機動部隊，祈福儀式時才有人可以替補」這個說法十分具有說服力。後來在決定崗位的會議上，羅潔梅茵因為收到了斐迪南的遺言，機動部隊就這麼前往了亞倫斯伯罕……

Q 關於夏綠蒂取得的加護量，與受洗時相比屬性有改變嗎？她是大約在哪個地方取得神的意志？跟韋菲利特還有他領的領主候補生相比，落在什麼程度？

A 她是一年級的時候取得神的意志，所以地點對應的是她出生時的屬性。就中領地的領主候補生而言，地點相當一般。但是加護儀式上，夏綠蒂取得的加護量遠遠多出他人許多。不僅是因為她比韋菲利特要早開始為基礎供給魔力、參加儀式，也因為她認為是自己害得「羅潔梅茵浸在尤列汾藥水中」，所以非常認真地向神祈禱。除此之外，在她得知儀式與祈禱有多麼重要後，足足有一年的準備時間。

Q 夏綠蒂應該已在課堂上取得神的加護，那她大約得到了多少加護？如果有明確的數量或是代表性神祇的名字，希望可以告知。

A 她取得了總共二十一位眷屬神的加護。包括驅魔之神、淨化女神、秩序女神、治癒女神、花之女神、引導之神與堅忍女神等等。果然是女神居多。

Q 齊爾維斯特與韋菲利特那種容易惹惱旁人的個性，是否也是亞德貝特帶來的惡性循環之一？

A 是的，畢竟他們的個性都頗為相像。

Q 亞德貝特好像以為薇羅妮卡是需要保護的女性，但其實她比女兒更頻繁要求貴族獻名，還會使用毒藥，難道他都沒有發現嗎？

A 是啊。直到發生喬琪娜那件事後才發現。

Q 亞德貝特曾經稍微有過讓喬琪娜當領主的念頭嗎？他對於下任領主究竟抱持著怎麼的想法？

A 基本上，只要是自己與薇羅妮卡所生的親生孩子，亞德貝特不管由誰當下任領主都無所謂。只不過，他也認為比起還要辛苦懷孕的女性，確實是男性更適合擔任，再加上薇羅妮卡的大力支持，最終就決定由齊爾維斯特來當。在他看來，艾倫菲斯特不過是個被亞倫斯伯罕盯上的弱小領地，奧伯這個位置根本不會有人主動想坐。而且他以為喬琪娜想當下任領主，是因為薇羅妮卡在齊爾維斯特出生前曾對她說：「必須由妳成為下任領主才行，不能是卡斯泰德。」便心想當時的她還只是少女，並不曉得責任會有多麼重大、生育又會有多麼辛苦。

Q 齊爾維斯特出生之後，亞德貝特從沒想過要讓喬琪娜擔任暫代領主嗎？此外，是否對此詢問過喬琪娜的意願？

A 並未詢問過。因為在艾倫菲斯特領內，還有波尼法狄斯能擔任暫代領主。如果是下任領主的輔佐或者危急時刻的候補還有可能，但暫代領主從來沒有考慮過。而當喬琪娜的前未婚夫提出請求說：「若她已不再是下任領主候補，我想解除婚約。」這時也放棄了讓她成為候補的可能。

Q 被關在白塔內的薇羅妮卡身邊似乎有近侍，那近侍們會向她報告外面的消息嗎？對於艾倫菲斯特的領地排名上升了，薇羅妮卡有什麼想法？

A 有侍從負責照顧她的生活起居，但不能向薇羅妮卡提供外面的消息。

Q 假如夏綠蒂生來是個男孩，那麼身為小韋菲利特一歲的男性領主候補生，薇羅妮卡會讓他平安活到受洗那天嗎？既然是同母兄弟，薇羅妮卡應該還不至於暗殺，頂多欺負虐待而已吧？

A 是不至於暗殺。畢竟世事難料，備胎還是保留比較好。但是男版夏綠蒂受洗後，即使薇羅妮卡發現了韋菲利特的不求上進，這時她與夏綠蒂的關係也已經降到冰點，所以多半會改為擁立麥西歐爾。到了這個時候，她就會動手排除夏綠蒂吧。

Q 肅清之前，艾倫菲斯特的領內高層以及奧伯與韋菲利特的近侍中，應該有不少舊薇羅妮卡派的貴族，那麼對於發生在領主一族身上的一連串事件、領主一族決定與舊薇羅妮卡派保持距離的方針、對舊薇羅妮卡派進行的肅清，他們究竟是如何消化？對於自己的派系又有怎樣的想法？

A 要看是在什麼時候、又是誰的近侍而定，接受程度相當不一。因為像奧伯與芙蘿洛翠亞的近侍早在薇羅妮卡失勢之前，就非常看不慣薇羅妮卡總是干涉奧伯做事；韋菲利特的近侍則是肅清都發生了，也還是無法接受這些事實。

Q 薇羅妮卡知道圖魯克的存在嗎？既然她與發覺圖魯克的文官是同個世代，應該是同一位藥草學老師，然後就請亞倫斯伯罕提供一些給自己，又或是被要求使用嗎？基於上述假設，喬琪娜會知道圖魯克的存在與使用方法，是因為看過薇羅妮卡對某人使用，所以模仿她嗎？

A 薇羅妮卡知道有這種事物存在，但從未接觸過實物。喬琪娜是經由蘭翠奈維得知圖魯克的存在與使用方式，並請在阿妲姬莎離宮得到相關知識的勞布隆托提供給自己。

Q 目前為止看來，薇羅妮卡對自己的近親好像都非常放任，但在看過喬琪娜的回憶以後，感覺她屬於無意識間只對有血緣的男性特別溺愛的類型。那假如拜瑟馮斯是妹妹，她還會幫忙掩蓋妹妹做的壞事嗎？會不會為了鞏固自己的勢力，反倒將妹妹賣給貴族當愛妾？

A 兩人的關係會與現在本傳裡的不一樣吧。但做為唯一與自己有血緣關係的人，她還是會非常珍惜兩人間的牽絆。其實，薇羅妮卡自認也對喬琪娜灌注了充足的母愛。畢竟齊爾維斯特出生之前，為了讓因女性身分居於劣勢的喬琪娜成為下任領主，薇羅妮卡認為再怎麼嚴厲，也必須讓她接受應有的教育。儘管女兒後來因為性別的差異而憎恨齊爾維斯特，令她傷透腦筋，卻也努力居中牽線，讓女兒能夠嫁給亞倫斯伯罕這種大領地的奧伯。這些事情沒有母愛是做不到的吧。

Q 當初是因為艾倫菲斯特的前任奧伯打算迎娶為「第二夫人」，伊繆荷黛大人才過世的嗎？

A 沒錯。

Q 到了賓德瓦德，斐迪南在傅萊芮默面前進行健康檢查時，她曾表示這樣「簡直不知羞恥」，那羅潔梅茵的近侍又是怎麼想的呢？

A 差不多是這樣想的吧：從以前到現在一直都是這樣，況且也只有斐迪南大人能檢查羅潔梅茵大人的身體狀況嘛；但話雖如此，羅潔梅茵大人突然長到這麼大，會被人覺得不知羞恥也是無可厚非。

Q 柯尼留斯是什麼時候告訴其他近侍，羅潔梅茵是自己的異母妹妹？而她並非艾薇拉的親生女兒一事，都瞞著齊爾維斯特以外的領主一族嗎？

A 為什麼要告知羅潔梅茵是自己的異母妹妹這種事？這麼做毫無意義。芙蘿洛翠亞在討論到夏綠蒂的養育問題時，聽到艾薇拉說自己「只養過男孩」，就知道羅潔梅茵並不是她的親生女兒，但並不會宣之於口。也有萊瑟岡古的貴族，因為羅潔梅茵從小就沒有被帶來參加一族的聚會，所以猜測她是第三夫人的女兒，但也不會特別說出口。對貴族來說，羅潔梅茵是以艾薇拉的親生女兒身分受洗，這才是最重要的。

Q 當初柯尼留斯聽到的是，羅潔梅茵是羅潔瑪麗的女兒。但侍奉了羅潔梅茵這麼多年，他至今依然認為她是羅潔瑪麗的女兒嗎？

A 是的。除此之外，他想不到卡斯泰德與艾薇拉收養羅潔梅茵的理由。

Q 當上神官長的哈特姆特經常待在神殿，那他也能變出其他神具嗎？

A 雖然還不到全部，但也能變出萊登薛夫特之槍。

Q 在廣播劇附的特典短篇中，羅德里希獻名時，哈特姆特在他身上看到了羅潔梅茵束縛住他的魔力（細網狀的白光），但貴族明明只要魔力量不同就感知不到，為何魔力量應該比羅潔梅茵要低的哈特姆特卻能看到她的魔力呢？難道這是哈特姆特的特殊能力？還是說就算魔力量不同，貴族一般都能看見魔力的流動？

A 是因為獻名的關係。同樣在現場的黎希達也看得見。

Q 哈特姆特曾為了羅潔梅茵大人想要取得醫師的資格嗎？是否曾為此修習課程、吸收知識？

A 雖然曾經想過，但在他覺得自己需要吸收醫學知識的時候，貴族院五年級的課程就已經結束了，所以完全來不及。因為在看到身為領主一族的斐迪南竟然會醫術、還從檢查到藥水調合都能一手包辦之前，他從未想過可以擔任女性領主一族的專屬醫師。為了讓斐迪南至少能把藥水的調合工作交給自己，後來便拚了命地學習。儘管沒有資格，但到了第五部Ⅷ時，已經能與莉瑟蕾塔兩個人完成一名醫師的工作。

Q 葳瑪所畫的羅潔梅茵畫像，哈特姆特都是放在哪裡保管並欣賞呢？推測是放在秘密房間，那麼是神殿裡的秘密房間？還是老家的秘密房間？

A 兩邊的秘密房間都有，老家的自己房間裡還光明正大地展示出來。

Q 第五部Ⅷ裡，有一幕是賓德瓦德夫人直呼羅潔梅茵為「平民」，她因此驚慌失措，哈特姆特便站出來袒護她。雖說羅潔梅茵成為貴族以後，現在很懂得掩飾了，但看到她明顯慌亂的樣子，萊歐諾蕾都沒有察覺到她的出身嗎？（雖然柯尼留斯好像完全沒發現……）

A 不、並沒有。畢竟他們才剛得知，先前自己沒有發現到的聖典上的劇毒也有傅萊芮默的參與，再加上舊薇羅妮卡派的貴族本就常在暗中誹謗羅潔梅茵是「神殿來的人」與「平民」。雖然當下必須否認與安撫，以免他領貴族產生不必要的誤會，但事到如今根本不可能懷疑。正如哈特姆特所說，只會覺得「原來還有人這麼想啊」、「恨意還真是深沉」。

Q 已獻名的舊薇羅妮卡派近侍中，應該也有人聽父母（像戈雷札姆那樣）稱呼過羅潔梅茵為「平民」，那他們懷疑過羅潔梅茵的出身嗎？包括向韋菲利特與夏綠蒂獻名的近侍，尤其好奇馬提亞斯與巴托特是怎麼想的？

A 在貴族眼裡，神殿裡的人包括青衣神官在內都不是貴族。所以在他們的認知中，只覺得「神殿出身的人＝即使流有貴族的血也還是平民」。就連對前任神殿長拜瑟馮斯，也是一樣的看法：明明沒有思達普、只是當不了貴族的平民，卻因為弟弟的身分備受薇羅妮卡大人疼愛。巴托特與馬提亞斯只當作這是對神殿出身的羅潔梅茵的一種誹謗，完全沒有想過她真是平民區出身的平民。

Q 家人皆被處刑後，現在馬提亞斯的身分是原戈雷札姆家的家主嗎？

A 馬提亞斯與勞倫斯已經沒有家了，所以並不是家主。兩人都是失去所屬家族的貴族。

Q 戴肯弗爾格的領主候補生似乎有所謂的晨練，想當然耳身為尚武文官的克拉麗莎肯定也參加了。那麼搬來艾倫菲斯特以後，她會拜託騎士團讓自己參加訓練嗎？

A 會，因為不能讓身體怠惰下來。而且為了不在危急時刻變成累贅，波尼法狄斯本來就強迫領主一族近侍中的文官與侍從也要參加騎士團的訓練，所以克拉麗莎自然也能參加。

Q 谷麗媞亞為什麼那麼討厭勞倫斯與貝特朗的父親和哥哥？從她向羅潔梅茵獻名時很能忍痛的樣子來看，很讓人懷疑她是否遭受過被灌注魔力這種過分的對待？

A 非常正確。谷麗媞亞等同被自己的父親賣掉，遭受到了被強行灌注魔力這種對待，將來本還預定成為貝緹娜的侍從。

Q 莉瑟蕾塔在第五部Ⅲ裡取得了洛古蘇梅爾的加護，

那她之前為了取得加護在為見習騎士施展治癒時，對象只有艾倫菲斯特的學生嗎？

A 她去了騎士樓，所以遇到受傷的人就幫忙治療，不只有艾倫菲斯特的學生。

Q 菲里妮在修完貴族院四年級的課程時，魔力感知開竅了嗎？開竅了的話，羅潔梅茵的近侍中她能感知到誰的魔力？

A 她已經開竅了。男性可以感知到達穆爾與羅德里希，勞倫斯則是勉勉強強，女性的話有優蒂特與谷麗媞亞。

Q 繼母會虐待康拉德這項事實曝光後，菲里妮與原本疏遠的生母親族是否又重新開始交流了呢？

A 陪著她到貴族院的成年近侍就是母方的親族，所以本就不是毫無聯繫。只不過，她的親族都是想與領主一族近侍打好關係的下級貴族，所以近侍同伴都十分警戒，往來也就不太密切。

Q 達穆爾可以說是從小就看著羅潔梅茵長大，那他看到突然長大的羅潔梅茵後有什麼想法呢？是不是很高興？

A 看到身邊的人一直在長大，他知道羅潔梅茵心裡非常羨慕，所以很為她高興，心想著：「太好了，可以成長到符合年紀的外表。」

Q 向羅潔梅茵獻名的近侍們應該都與父母斷絕了關係，或是家裡的財產已被沒收，那在經濟方面上會不會有些難以維持貴族的生活？還是會有補貼？

A 嗯～這點因人而異呢。雖然羅潔梅茵設想周到，會從神殿這邊撥出補貼，但馬提亞斯與勞倫斯來自富裕的基貝家庭，所以跟從前相比，會覺得日子變得清貧許多。相比之下，谷麗媞亞、羅德里希與菲里妮卻是覺得自在多了，也能拿到近侍同伴不要的東西，生活變得比以前寬裕，所以完全不覺得困苦。

Q 貴族院四年級時，羅潔梅茵消失了一整個冬天，面對他領還得宣稱她是臥病在床。明明哈特姆特只對席格斯瓦德說了：「艾倫菲斯特會對外這麼宣稱。」但萊歐諾蕾在向夏綠蒂與韋菲利特報告時，卻說了是「奉王族之命」。難道他們是故意欺騙，想讓基本上不敢忤逆王族的韋菲利特和齊爾維斯特照著自己所想的行動嗎？還是說，這是哈特姆特擅作主張（他向其他近侍報告時也說了這是「王族的命令」）？抑或是近侍們聯合起來，欺騙了艾倫菲斯特所有人？

A 是哈特姆特擅作主張。但是，他並不是為了要讓齊爾維斯特或韋菲利特照著自己所想的行動，而是這麼宣稱的話，他認為對艾倫菲斯特的學生們更有約束力。反正領主之後一定會下令「要對他領保密」，那當然是王族的命令更有嚇阻作用。

Q 羅潔梅茵的近侍們可以看懂多少古語？（假如懂得最多的是哈特姆特＞克拉麗莎，菲里妮與達穆爾多少也看得懂嗎？）

A 在第五部Ⅷ這時候，看得懂最多古語的是哈特姆特。其次是克拉麗莎＞菲里妮，再來是達穆爾。是從他們接觸古語的時間長短來看。至於「看得懂多少」，不太確定該如何回答。

Q 哈特姆特知道羅潔梅茵原是平民，那麼羅潔梅茵的近侍當中，是否有人只是沒說出口，但也覺得她有可能是平民？

A 沒有。

Q 黎希達經常斥責斐迪南太過嚴厲，那喬琪娜那時候沒有斥責過嗎？還是黎希達提醒過了，但喬琪娜只覺得她是站在齊爾維斯特那一邊、是叛徒，所以充耳不聞？還是因為喬琪娜那時候自己都沒有斥責，所以深感後悔之餘，現在才會規勸斐迪南？

A 和喬琪娜自身接受過的教育相比，齊爾維斯特接受到的教育並不嚴厲，加上他自己又老是逃跑、對侍從惡作劇，所以黎希達雖然會制止喬琪娜說：「喬琪娜大人，差不多了吧。」卻從不曾斥責她「太過嚴厲」。因為齊爾維斯特一遇到討厭的事情就想開溜，羅潔梅茵卻是各種嚴厲的要求都默默承受下來，她才會斥責斐迪南。

Q 原是領主候補生又是騎士團長的卡斯泰德與中級貴族朵黛麗緹之間有個孩子（尼可拉斯），難道是因為與其他中級貴族相比，朵黛麗緹的魔力量相當多嗎（倒是有不少描述都提到過羅潔瑪麗很多）？還是懷上尼可拉斯的時候，卡斯泰德將魔力稀釋了不少？另外，習得羅潔梅茵式的魔力壓縮法以後，現在（第五部Ⅸ前後）卡斯泰德的魔力與朵黛麗緹還匹配嗎？

A 以中級貴族來說算是偏多，但她與卡斯泰德的婚姻原本就是勉強達到匹配下限，所以是過了很久才好不容易懷上孩子。羅潔瑪麗也是。而卡斯泰德在習得羅潔梅茵式魔力壓縮法後，現在的魔力量與朵黛麗緹已不匹配。

Q 卡斯泰德在三年級時被降為上級貴族，對於此事他領是如何看待的呢？

A 直系誕下男孩以後，旁系便被降為上級貴族是時有耳聞之事，所以只會覺得「真教人同情」、「運氣真不好」。但要是等到修完領主候補生課程，屆時要降為上級貴族就會比較困難，甚至有遭到暗殺的危險，那當然還是比起沒命要好。

Q 艾薇拉的祖父是第四任領主的孩子，那她不算領主一族的旁系嗎？托勞戈特因為母方是旁系，血統理應比母方是萊瑟岡古一族的羅潔梅茵要好，所以是托勞戈特自己不夠上進嗎？

A 艾薇拉雖然也有些許旁系血統，但仍然算是萊瑟岡古血統比較濃厚的哈爾登查爾貴族，不會被算作是領主一族旁系。而托勞戈特的祖父是波尼法狄斯（領主一族），母方也是旁系（黎希達與其丈夫也是系旁）。身上領主一族的血統不僅比艾薇拉，也比柯尼留斯與羅潔梅茵要濃厚得多。

Q 之前說過赫思爾老師最終會決定離開艾倫菲斯特，是因為卡斯泰德大人被降為上級貴族，感覺她與卡斯泰德大人的關係十分親近。難不成她曾是卡斯泰德大人的近侍？另外故事當中，還有曾是卡斯泰德大人近侍的角色登場嗎？

A 咦？怎麼會知道？沒錯。赫思爾是在卡斯泰德要就讀貴族院的半年前成為近侍，然而齊爾維斯特一出生，卡斯泰德的近侍就被解散了。赫思爾因此對領主夫婦心生反感，決定成為中央貴族。另外曾是卡斯泰德的近侍、又有名字的角色，就是諾伯特了。他從黎希達手中接下教導的工作，奉當時的奧伯之命在卡斯泰德受洗後擔任首席侍從。解散後便變回奧伯的近侍。

Q 奧斯華德曾要求夏綠蒂把功績讓給韋菲利特，但在羅潔梅茵的視角中，並未看到過奧斯華德也這麼要求她。是因為羅潔梅茵沒在城堡生活，平常接觸不到嗎？

A 除了羅潔梅茵自身不常待在城堡，也因為她與夏綠蒂不同，聽不懂那種拐彎抹角的暗示，還有就是萊瑟岡古出身的近侍們都會加以阻止，並且挑釁說：「雖然我們的主人很優秀，但光看功績的話，韋菲利特大人確實教人不安呢。要是不適合當下任領主，那自己主動請辭就好了吧？」這樣一來一往久了，彼此近侍間的鴻溝也就越來越深。

Q 關於奧斯華德要人讓出功績一事。他不惜做到這種地步，也想要讓韋菲利特成為奧伯，理由之一是否包括想要改善薇羅妮卡的待遇呢？

A 當然有這個理由。因為韋菲利特若不成為下任領主，薇羅妮卡就絕無可能從白塔裡出來。

Q 第五部Ⅷ裡，艾克哈特與尤修塔斯為了執行主人的命令，撤回了獻名，那拉塞法姆呢？他也拿回了自己的名字嗎？還是相信斐迪南會得救，仍然是獻名的狀態？

A 仍是獻名的狀態。尤修塔斯還在趕往亞倫斯伯罕救人的時候隨身帶著，趁著斐迪南在領主辦公室內更衣時重新歸還。同時尤修塔斯與艾克哈特也帶了獻名用的白盒，再次向斐迪南獻名。

Q 拉塞法姆當初是因為魔力不多，才被人不懷好意地將他塞給斐迪南當侍從，那他後來有學到羅潔梅茵式的魔力壓縮法嗎？有的話，現在用起魔導具比較輕鬆了嗎？

A 以領主一族近侍的身分學習到了。認真壓縮以後，魔力量已比以前要多。

Q 繆芮拉出席畢業儀式時是由誰護送？既然本人已對戀愛和結婚都不抱希望，那畢業之後，還有可能成為艾蘭朵拉大人筆下戀愛故事裡的登場人物嗎？

A 男伴是艾薇拉安排的、以親戚身分出席的一位中年大叔。以繆芮拉的處境來看，要結婚恐怕不太可能呢。既然她為了避免連坐，已經向艾薇拉獻名，想要結婚未必能夠得到奧伯的准許。因為貴族的婚姻必定會牽扯到政治與派系，愛妾也就罷了，結婚多半已是無望。

Q 奧蕾麗亞本人的個性與旁人對她的評價有很大的出入，那麼據說長相神似的嘉柏耶麗大人，有沒有可能本來的個性也沒那麼扭曲？

A 嘉柏耶麗的個性與蒂緹琳朵非常相像，都是極度樂觀，勇於追求自己的渴望。

Q 戴爾克受洗之後，戴莉雅就銷毀了羅潔梅茵收養戴爾克的契約書嗎？

A 那不是收養契約，而是主從契約喔。不過這不是重點，戴莉雅當然還把契約書保管得好好的，以備不時之需。因為戴爾克要是在艾倫菲斯特領內走投無路了，有人可以求救是很重要的吧？

Q 看了漫畫第四部以後，發現羅吉娜很常進入貴族的視野，而且既然她是領主候補生的專屬樂師，應該會要求她的穿著與言行舉止必須合乎身分吧。那羅潔梅茵會提供服裝與髮飾給她，和重新指導她的言行舉止嗎？還是基本上她得自掏腰包？但都成為領主候補生的專屬樂師了，應該拿得到補貼吧？

A 羅吉娜曾跟著前主人克莉絲汀妮一起學習，所以言行舉止早已與上級～中級貴族女性差不多，以前在神殿還指導過梅茵。對於接受過她指導的梅茵，艾薇拉甚至還給過這樣的評價：「言行儀態已達中級貴族程度。」所以羅吉娜的儀態，還比優蒂特與菲里妮要優雅喔。而她以專屬樂師的身分出席聚會與茶會時，會當作是專屬樂師的制服提供給她服裝和髮飾。

Q 戴爾克受洗後會成為見習青衣神官，在神殿內有自己的房間嗎？還是十歲之前都要住在孤兒院？若他有了自己的房間，和戴莉雅就見不到面了嗎？

A 是的，他已有自己的房間。只有戴爾克去拜訪孤兒院，他才能與戴莉雅見到面。因為戴莉雅不能離開孤兒院，無法自己去見戴爾克。

Q 芙麗妲與梅茵還持續有往來嗎？

A 一旦羅潔梅茵離開領地就會斷絕。

Q 這時候的芙麗妲在做什麼？之前有與多莉他們一起避難嗎？

A 芙麗妲在冬季尾聲就成年了，春季中旬這時候，應該正要搬到漢力克的宅邸吧。

Q 在第三部那時候，漢力克一家與他的正妻都把芙麗妲視作是資金兼魔力的提供者，但芙麗妲不僅在義大利餐廳等地方大展身手，還與羅潔梅茵有交情，評價與價值是否因此上升了呢？

A 身為資助者的價值確實是提升了，但公會長與漢力克都會特別留意，不讓芙麗妲自身的評價上升太多。因為平民愛妾要是會威脅到貴族正妻的地位，那樣就不好了。

Q 芙麗妲已經以漢力克愛妾的身分住進別館了嗎？還是為了經營餐廳，現在仍然是每天往返？或者已經在貴族區裡開店了？

A 就和第一部裡當初說好的一樣。

Q 羅潔梅茵從不在意與芙麗妲簽約的貴族是誰，芙麗妲也都沒有告訴她，這是為什麼呢？

A 因為芙麗妲從沒有對她說過。早在受洗前芙麗妲就明白愛妾是什麼，所以沒有提到過對方的名字。而平民時期就算聽到對方的名字，梅茵也不知道他是誰，再說對方是貴族大人，對此她也無能為力，所以沒有必要為了好奇就追問吧。成為領主的養女以後，又只有在神殿與商人會面時以及前往義大利餐廳時，才會與芙麗妲見到面。況且在有貴族出席的場合，就連與路茲和多莉也只能聊些工作上的事情，更是不可能向芙麗妲提出如此私人的問題。而芙麗妲之所以不告訴羅潔梅茵，是因為擺脫不了商人的思維吧。若有人在自己的地位不同後就突然改變態度、接近自己，或是為了請自己行個方便就來提供情報，對於這樣的人會怎麼想？她根據自己的經驗和立場，非常仔細地思考過了。在梅茵還是見習青衣巫女時，公會長就提醒過她：「不曉得梅茵與哪位貴族有關聯，最好別隨便靠近她。」所以芙麗妲選擇了稍微保持距離，頂多在商業公會碰到面時說說話。因此，她不可能在梅茵成為領主的養女後，就突然改變態度。

Q 萊莎會瞞著羅潔梅茵用熱水洗澡，那孤兒院裡的所有人也都會這麼做嗎？但感覺葳瑪會對此頗有微詞也不奇怪。

A 暖爐裡得生火的時候，是所有人都會洗熱水澡。除此之外的時期，只有要收拾廚房的人可以洗。

Q 〈婚約的二三事〉裡，當多莉問：「你想我有辦法擔任普朗坦商會的女主人嗎？」路茲這麼回答：「嫁給了繼承人，就要幫忙管理商會，不可能繼續做現在的工作。」感覺他說得非常事不關己……但路茲不是普朗坦商會的繼承人嗎？沒打算結婚的班諾先生是有這個打算的吧？（從討論收養的那一段來看……）

A 路茲的父親狄多並未同意這件事，而班諾也接受了他不同意的理由，所以並沒有收路茲為養子。路茲現在並不是普朗坦商會的繼承人。

Q 關於麥納德為什麼沒能得到魔導具以及他的家庭環境，是否已有設定？

A 麥納德是因為家裡已有繼承人，沒有多餘的魔導具，原本打算把他養大當下人。

Q 妥斯登為何在成年的同時剪掉多年的長髮？

A 這類似於一種宣言，就是——我再也不屬於舊薇羅妮卡派。

Q 卡濟米爾的氣質與守護主人的方式感覺跟哈特姆特很像，兩人除了都有接下神官長一職的經驗外，還有什麼交集嗎（比如卡濟米爾也是萊瑟岡古出身，是哈特姆特的親戚之類的）？還是說「上級文官都是這樣」，類似的氣質很常見？

A 兩人有個共通點，就是都以文官的身分接受過雷柏赫特的指導。因為卡濟米爾在成為麥西歐爾的近侍之前，曾在芙蘿洛翠亞的手下工作。

Q 托勞戈特畢業儀式時的女伴是誰？他順利找到以結婚為前提的對象了嗎？還是說因為實際上等同遭到解任，所以沒能找到對象，是由親族中叔母大人之類的來擔任？要是名字已經出現過的話，也想知道叫什麼名字。

A 是想與艾倫菲斯特建立關係的他領上級貴族。名字並未決定。

Q 前任神殿長儀式服上的徽紋，好像不應該是昭告為領主之子的獅子圖案吧？

A 是指某張插圖，還是漫畫或動畫當中，出現了前任神殿長的儀式服上有獅子的徽章圖案嗎？但印象中都是白色的，沒有徽紋……有的話應該是失誤。

Q 在政變中死去的沃迪弗里德，他的魔力量遠比其他王子要多嗎？還是因為後盾的關係，才會跳過第一王子，基於政治考量由他成為下任君騰？

A 魔力量與個性都是決定性因素。因為第一王子的性格有些急躁，對待他人嚴格，態度又常常過於驕縱跋扈。

Q 瑪格達莉娜會認識特羅克瓦爾，是因為她還是學生的時候，他擔任領主候補生課程的講師嗎？

A 沒錯。

Q 一年級的交流會上，在羅潔梅茵與亞納索塔瓊斯的對話中，「多麼希望奉獻給諸神的花朵～」與「幸虧只有我一人遭難～」可以聽出明顯是在挖苦和諷刺，可是「所謂謠言，很輕易便能任人～」這一句話不至於讓人那麼生氣吧？亞納索塔瓊斯究竟是怎麼解讀的呢？

A 他的解讀為：「看來王族並沒有蒐集到正確資訊呢。竟然只能蒐集到與事實不符的消息，王族的情報蒐集能力是不是有問題呢？」

Q 明明預計要迎娶阿道芬妮為第一夫人了，席格斯瓦德卻與娜葉拉耶有了孩子，導致夫妻生活必須延期，他是刻意挑在要迎娶阿道芬妮的這個時候有孩子的嗎？

A 對席格斯瓦德來說就是湊巧而已。有預謀的是娜葉拉耶。

Q 花名在外的公主與一起辦過茶會的公主，都是斐迪南的姊姊或妹妹嗎？

A 一起辦過茶會的是同母妹妹，花名在外的那位是來自不同花的公主。

Q 艾格蘭緹娜的姊姊是在她六歲的時候談及婚事，代表大約在十三、十四歲左右就香消玉殞，和現在的羅潔梅茵差不多大。這樣推算回去，應該與斐迪南曾經同時就讀貴族院。那斐迪南與艾格蘭緹娜的姊姊有過往來嗎？

A 當時她是公主，想必耳聞過最優秀者斐迪南的名字吧。但艾倫菲斯特的領地排名過低，斐迪南又還沒有未婚妻，所以若非必要還是會避免接觸，以免引來流言蜚語。除了交流會與老師們舉辦的茶會曾一同出席外，從未另外邀請過斐迪南。

Q 海斯赫崔除了因為事關斐迪南，本人強力自薦外，漢娜蘿蕾雖說以重要程度來說排到第三，但也是能夠站到前線的領主一族。既然海斯赫崔被指派跟隨她，這代表他的實力是將來有望成為騎士團長的等級嗎？

A 他本來就是師長，在戴肯弗爾格中實力也算出眾。

Q 蘭翠奈維之戰結束後，羅潔梅茵與漢娜蘿蕾還有萊蒂希雅共進午餐時，她與漢娜蘿蕾曾針對是否要保護領地的基礎有過問答。當時萊蒂希雅也在場，雖說身為戰敗領地的負責人這也無可奈何，但這樣的對話似乎十分殘酷，所以想知道萊蒂希雅當下的心情。另外，漢娜蘿蕾是因為有著戴肯弗爾格式的思考，所以完全不在意嗎？還是其實心裡也反省過了，覺得自己問得不是時候？

A 當下萊蒂希雅是這麼心想的：「這是在提醒我不要輕舉妄動，還有也要小心可能有圖謀不軌的貴族吧。」而當時因為還在比迪塔，為了決定接下來的行動，漢娜蘿蕾單純認為這是非問不可的問題。雖然確實是戴肯弗爾格式的思考，但取得了基礎魔法的奧伯當然都該思考這件事。

Q 第四部VI裡，賈鐸夫老師曾因粗拿斯巴法隆一事對羅潔梅茵有過懷疑，經過後來的檢證與課堂上的交集，現在對羅潔梅茵有什麼想法呢？

A 如下：「原來如此，看來她確實與粗拿斯巴法隆一事無關。而且還擁有一般貴族都無從知曉的有趣知識。」

Q 貴族院二年級表揚儀式上發生的敵襲，勞布隆托、喬琪娜與傅萊芮默老師，各自都與粗拿斯巴法隆的搬運以及敵襲計畫有關嗎？

A 喬琪娜與傅萊芮默都有參與其中。這時的勞布隆托尚未。

Q 當初喬琪娜曾經推薦韋菲利特成為蒂緹琳朵的夫婿，應該也這麼向蒂緹琳朵下達過指示。但韋菲利特的容貌與可憎的弟弟齊爾維斯特如出一轍，她是基於怎樣的想法推薦他的呢？韋菲利特因為是有汙點的領主候補生，就算被招攬為蒂緹琳朵的夫婿，也不必擔心他會阻礙到萊蒂希雅成為下任領主，所以奧伯．亞倫斯伯罕認為這是好處。但對喬琪娜來說又有什麼好處呢？

A 好處就是韋菲利特備受薇羅妮卡與齊爾維斯特的疼愛，若能當成兩人的替代品傷害他，可以讓她消愁解悶。

Q 戈雷札姆與勞倫斯的父親會成為基貝，是為了有朝一日喬琪娜能以奧伯．艾倫菲斯特的身分凱旋歸來而做的事前準備嗎？如果喬琪娜仍是下任奧伯，他們是不是就不會繼承父母的家產，而是留在城堡擔任近侍？

A 差不多正確。喬琪娜不再是下任領主候補後，戈雷札姆等人才成為基貝。因為城堡裡頭還有已向喬琪娜獻名的其他近侍，要是能夠成為與亞倫斯伯罕接壤的土地的基貝，日後定能對喬琪娜有所幫助，所以他們在家族內鬥爭了一番後成為基貝。

Q 夏綠蒂不再是下任領主候補時，她的近侍們曾請求芙蘿洛翠亞去安慰她，那喬琪娜的近侍們也懇請過奧伯夫婦去安慰、開導喬琪娜嗎？還是請求遭到了無視？

A 近侍們曾這麼提出請求：「既然將喬琪娜大人排除在下任領主的候補人選外，還解除了婚約，應該給予安慰和補償……」結果就是當大領地奧伯的第三夫人。因為喬琪娜不僅要求領內的貴族獻名，還在檯面下成立派系、意圖分化領地，也與身為下任領主的齊爾維斯特不和，無法留下來擔任輔佐。面對如此教人頭疼的女兒，這已是他們盡最大努力所能給予的補償。

Q 假如渥夫勒姆還活著，成了亞倫斯伯罕的奧伯，喬琪娜會因為「我成了大領地奧伯的母親，成就超越了薇羅妮卡」，而放棄成為艾倫菲斯特的奧伯嗎？還是她非常執著於要自己成為奧伯？

A 喬琪娜從不曾以大領地奧伯的母親為目標，所以就算有了這樣的地位也不會有任何感覺吧。她自始至終都是執著於成為奧伯．艾倫菲斯特。

Q 蘭翠奈維人在亞倫斯伯罕內胡作非為的時候，瑪蒂娜的父親與異母兄弟及其母親，還有布拉修斯的同母兄弟都在哪裡做什麼？

A 因為外出就會遭到蘭翠奈維人的攻擊，所以他們在宅邸的出入口畫上記號後，就待在家裡等著外面的混亂結束。

Q 對於前來營救斐迪南的羅潔梅茵奪取了基礎一事，萊蒂希雅的近侍們作何感想？

A 他們只覺得莫名其妙，而且無法理解事情為何會變成這樣，但又覺得古得里斯海得的持有者是有可能這麼做。

Q 請問萊蒂希雅的近侍知道是她害了斐迪南嗎？以及知道多少？

A 第五部IX這時候已經知道了。因為明明城堡裡的人都說是蒂緹琳朵害了斐迪南，為何萊蒂希雅卻要一直看羅潔梅茵與斐迪南的臉色，還要聽從兩人的命令——若不加以說明，近侍很可能與兩人發生衝突，所以對他們說明過了。

Q 尤根施密特似乎無論生物與否都帶有魔力，香月老師為什麼會設定這個世界具有魔力呢？

A 因為故事上需要。

Q 有家族或是角色擁有非常酷的稱號，比如「劍聖」

之類的嗎？假如有「英雄」、「最強」、「劍聖」或「始祖」等等，象徵在國內富有盛名的酷炫稱號，希望可以列出來。

A 頂多就是戴肯弗爾格的「王之劍」吧。我不會刻意去思考與故事無關的稱號，但如果在描寫他領的時候有必要，或許稱號就會自己迸出來。

Q 由於目前為止的FANBOOK裡都沒有出現過，想請問奧黛麗沒有人物設定嗎？

A 有喔。其實她在漫畫第三部與第四部裡時不時就會出場一下，小說第五部VI裡也有她的插圖。當初是負責畫第三部漫畫的波野老師為奧黛麗設計了人物形象。但基本上FANBOOK裡會收錄的，都是椎名老師為小說所畫的人物設定，所以不光是奧黛麗，由漫畫與動畫所創的人物設定多半都不會收錄進來。

Q 關於小書痴世界在海外的擴張，哪些部分是老師可以參與的呢？舉凡簽約對象的篩選、合約內容、金額、日期與往來交涉等等，這些都可以嗎？還是只有小說的內容？漫畫、動畫和廣播劇也都需要經過老師的確認嗎？包括回答作品相關問題在內，老師都是如何檢查與校對的呢？

A 我自己不太參與作品的海外版權業務。合約方面，都是交由出版社與國外的出版社洽談，也不會預先察看翻譯內容。但這也是因為我看不懂其他語言，根本無從確認……如果收到翻譯上的問題，我會以電子郵件這類的管道回覆，若是希望我幫忙簽名或寫些短語以利宣傳，力所能及內我也會答應。動畫方面，只會檢查字幕上的角色名字是否正確，其他不會多做干涉。再來就是收到樣書時會在推特上發文，寫活動報告的時候會看看國外出版社的Twitter，也會分享海外讀者告訴自己的消息，差不多就是這樣吧。

每次都有的
卷末漫畫
出差版
輕鬆悠閒的家族日常
作畫：椎名優
心愛的斐迪南大人：雖然我的心意不會得到回應，但我還是克制不了自己的心。
現在便前往亞倫斯伯罕解救您。
心動♡
這誰?!
愛的戰士
有了羅潔梅茵大人（我最愛的梅茵）給的護身符，
化身成愛的戰士的我什麼也不怕！
梅
羅潔梅茵之踢——！
咕喇啊啊
羅潔梅茵之拳——！
無敵!!
啊哈哈
昆特，快住手!!也不想想是誰在後面保護你！
咕嚕嚕嚕

愛的謀士

哈特姆特，為了羅潔梅茵大人著想，請你不要做出會招來旁人誤解的舉動。
柔性勸導中
哎呀，妳在說什麼呢？
轉身
噗啾？
緊抱
哈特姆特，你太卑鄙了!!
得到稱讚是我的榮幸。
我沒在稱讚你！
噠噠噠噠噠噠噠

愛的抱抱

為了艾倫菲斯特的蓬勃發展，我讓貴族院所有人團結一心，
為成績的提升做出了貢獻。
這次為了得到梅斯緹歐若拉之書，
不惜與王族交涉，還去見了爺爺大人。
為了救出斐迪南大人，我付出了這麼多的努力。
來吧！
還請稱讚我一聲「非常好」或給我一個重逢的抱抱吧！
捏～～
豪痛喔！

作者群留言板

香月美夜

處理「FANBOOK 7」的作業期間感染了新冠肺炎，導致了目前為止最驚險的一次體驗。能夠平安交出書稿實在是太好了。請大家也要注意身體健康。

椎名優

FANBOOK第七集了?!竟然也出版了這麼多集呢。每次FANBOOK都是在冬天出版，所以封面經常帶有冬天的氣息，這次試著稍微轉換成夏天的氣息。

鈴華

FANBOOK裡收錄了廣播劇第六輯＆第七輯的配音觀摩報告漫畫。椎名老師筆下的長大版羅潔梅茵既可愛又美麗，希望自己在畫的時候也稍微捕捉到了那樣的風采。

波野涼

FANBOOK來到第七集以後，不光集數多到一隻手數不完，就連頁數也厚到一隻手拿不動。真是期待！

勝木光

如此高頻率出版「FANBOOK」的作品可以說是相當罕見吧……？
這次也很榮幸能夠參與其中！
另外也很喜歡由Yatoakira老師上色的片尾卡片，聲光效果十足。

皇冠叢書第5139種
mild 907

小書痴的下剋上FANBOOK 7
為了成為圖書管理員不擇手段!

本好きの下剋上
司書になるためには
手段を選んでいられません
ふぁんぶっく7

國家圖書館出版品預行編目資料

小書痴的下剋上FANBOOK. 7, 為了成為圖書管理員不擇手段! / 香月美夜著；椎名優繪；鈴華, 波野涼, 勝木光 漫畫；許金玉譯. -- 初版. -- 臺北市：皇冠文化出版有限公司, 2024.02
面； 公分. -- (皇冠叢書；第5139種)(mild；907)
譯自：本好きの下剋上ふぁんぶっく：司書になるためには手段を選んでいられません. 7
ISBN 978-957-33-4112-3 (平裝)

861.57 113000159

作者—香月美夜
插畫—椎名優
漫畫—鈴華、波野涼、勝木光
譯者—許金玉
發行人—平　雲
出版發行—皇冠文化出版有限公司
臺北市敦化北路120巷50號
電話—02-27168888　郵撥帳號—15261516號
皇冠出版社（香港）有限公司
香港銅鑼灣道 180號百樂商業中心 19字樓 1903室
電話—2529-1778　傳真—2527-0904
總編輯—許婷婷　責任編輯—張懿祥
美術設計—嚴昱琳　行銷企劃—蕭采芹
著作完成日期—2022年　初版一刷日期—2024年2月

法律顧問—王惠光律師

如有破損或裝訂錯誤，請寄回本社更換
讀者服務傳真專線—02-27150507　電腦編號—562054
ISBN 978-957-33-4112-3
Printed in Taiwan
本書特價—新台幣299元/港幣100元

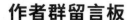